LUCCIOLE

Aldo Costa

Una giornata nera

Marsilio

Published by arrangement with The Italian Literary Agency
Prima edizione: marzo 2020
www.marsilioeditori.it

UNA GIORNATA NERA

Il caffè non si beve in fretta.
Il caffè è fratello del tempo.
Lo si beve lentamente, lentamente.
Il caffè è la voce del gusto, la voce dell'odore.
Il caffè è contemplazione.
Penetra nell'anima e nei ricordi.

MAHMOUD DARWISH

I

Con il sole sarebbe anche peggio.

Chilometri di curve: curve cieche, rubate alla roccia, ritorte sopra la scogliera. Curve disegnate da muretti sbrecciati. Asfalto che si avvita nella pietra. Tornanti aspri, spirali che aggrediscono lo stomaco come cattiva nostalgia.

Ma col sole sarebbe peggio.

L'asfalto sembra bagnato, ma è soltanto unto. Decenni di attrito di gomme e bitume, afa e salsedine, hanno reso il fondo nero, vischioso e vulnerabile. Le riparazioni non attecchiscono e gli pneumatici fischiano per un niente.

Dove la strada non trova il modo per appendersi alla roccia la perfora, ma le gallerie, dalla volta altissima e mai rettilinee, regalano un sollievo breve: la luce al latte che si lascia all'entrata si ritrova tale e quale all'uscita. Le pupille fanno esercizio. Fanno anche male.

Un sudario sterilizza il mattino. Non è possibile capire da che parte si nasconda il sole e nemmeno fin dove arrivi il mare.

«Ti prego, fermati!» Non occorre aggiungere che è urgente.

È un messaggio universale. Giusto un'occhiata allo specchietto e l'auto s'arresta a bordo strada.

Scendono entrambi. Lei è la prima a raggiungere il muretto di pietra che sostituisce inutili mozziconi di paracarri. Punta le mani, le braccia tese, ma non riesce a sporgersi oltre.

Lui arriva a sorreggerle la testa. Uno sguardo appena oltre il muretto precede il nuovo conato. Non riesce a trattenersi. «Ma quanto è alto qui?»

«Non guardare giù.»

Lei si sente ondeggiare come se fosse in balia dei flutti che, sul fondo, giocano senza voglia con gli scogli.

Ripartono. Si allunga un brevissimo rettilineo; si può dare soddisfazione al motore per qualche secondo. Sul lato a mare passa la sensazione di una costruzione in bilico sul baratro, poi nuove curve.

«Era un bar!»

«Non mi sembra.»

«Sì, sì! Era un bar o una trattoria.»

La donna si volta indietro per trovare conferma al suo annuncio, ma è tardi: troppo breve il rettifilo, e la costruzione è già nascosta da una costola di roccia. Nella sua mente è impressa l'immagine di una tovaglia a quadretti rossi, sfocata come certe fotografie scattate di corsa.

Voltarsi e perdere il contatto visivo con la strada, sia pure per pochi istanti, le fa sentire, forte e improvvisa, la sensazione di nausea che stava cercando di ignorare.

Percepisce una diminuzione nei giri del motore. L'uomo alla guida è indeciso. Forse sta prendendo in considerazione l'idea di tornare indietro e controllare.

Hanno entrambi bisogno di caffè.

Impossibile prevedere il comportamento dell'uomo. Dipende anche dalla strada. Come si può fare inversione senza rischi su quella litoranea così indecisa?

Improvvisamente appare una piazzola sul lato a monte. L'auto decelera.

«Sicura?»

«A me è sembrato aperto...»

Il muso dell'auto punta deciso verso la parete di roccia e si arresta prima di urtare un sacchetto di immondizia abbandonato.

Un attimo dopo la vettura viaggia nella direzione opposta. Adesso sono dalla parte del monte. Le vertigini toccano agli altri.

La donna spera di non essersi sbagliata. Perderebbe tutto il vantaggio che ha su di lui.

È da quando sono partiti, anzi, da quando si sono svegliati (ma ha dormito almeno un po', quella notte?), che raziona le parole. Non inizia alcun discorso: si limita a comunicazioni di servizio oppure risponde se lui la interpella, ma lo fa sempre con un leggero ritardo, come se fosse in collegamento da un paese lontano. Vuole sottolineare che tra loro non c'è sincronia né sintonia. Dev'essere assolutamente chiaro che tocca a lui muoversi, proporre, tentare di ricucire.

Il silenzio della donna soffia sulle braci di un senso di colpa, ma è un senso di colpa maschile quello con cui si misura, e non durerà ancora a lungo. Le ore passano e il ricordo di quello che è successo sbiadisce. Tutto sbiadisce con quella luce.

Se ci ripensa, però, avvampa. Lo stomaco si contrae dolorosamente, le dita si fanno artigli e affondano nella pelle del bracciolo. È una ferita aperta. Non può passare come un episodio. Guarda avanti, aspettando di veder ricomparire quella brutta costruzione in bilico sul mare. Ma non era lì vicina?

«Adesso quel coglione ripasserà.»

L'uomo si riferisce a un autocarro che hanno sorpassato con fatica, persino azzardando, pochi minuti prima, quando le curve hanno offerto una breve pausa. L'hanno tallonato passivamente per quelli che sono sembrati almeno dieci chilometri, assecondando i capricci della strada e adeguando la velocità a quel veicolo che, ci sarebbe da scommettere, non ha mai affrontato la revisione.

Alla prima occasione, l'uomo ha ingranato una marcia bassa e frustato ogni cavallo del motore, ma è dovuto rientrare precipitosamente per l'apparire di una delle rare vetture provenienti in senso opposto. Al secondo rettilineo la manovra è riuscita, anche se il conducente dell'autocarro non ha fatto nulla per agevolarla.

Entro qualche istante, se non si fermeranno prima, lo incroceranno.

L'uomo disattiva il climatizzatore. Abbassa entrambi i finestrini e in un istante l'afa si rovescia all'interno. Lui è così: pensa a tutto, anche a organizzare un momento di decompressione che li prepari all'atmosfera che troveranno una volta scesi.

Quando si arriva a casa, è lui che le ricorda per tempo di tirar fuori le chiavi del garage. Prevede, organizza, pianifica. È bravo in questo.

Ma allora, ieri sera, perché non ha pensato?

Ora è assorto nella guida, aspetta di veder apparire il brutto fabbricato di cemento per metà poggiato sulla strada e per metà sostenuto da pilastri che precipitano nel vuoto. Non gli è sembrato un locale pubblico, forse lo è stato in passato.

Un cartello scritto a mano annuncia: MENU TURISTICO 10 EURO. Persino da lontano è facile accorgersi che il 10 non è altro che un 9 corretto in 0 e che l'1 posto davanti ha troppo poco spazio per essere autorevole.

La costruzione spunta dopo una curva. Sembra davvero appoggiata sul nulla con metà edificio aggettante, mantenuto al suo posto da alcuni sostegni sottili e obliqui, di cui non si scorgono le fondazioni.

L'auto rallenta e accosta di fronte all'ingresso. Il posto che l'uomo ha scelto per parcheggiare invade parte della carreggiata. Non gli piace, ma non vede alternative.

Il locale appare in un afoso squallore: una veranda con tre tavolini quadrati, delimitata da un muretto basso verso la strada. Un'apertura nel cemento permette il passaggio all'interno. In fondo al cortiletto, una porta protetta da una tenda per le mosche impedisce di vedere dentro. Potrebbe anche essere chiuso.

«Ma è aperto?» domanda l'uomo.

Cosa potrebbe rispondere lei? Piuttosto che dire una banalità come: «Non lo so, bisogna scendere e provare», preferisce rilanciare. Non ha mai giocato a poker, ma ne conosce le regole: «Siamo un po' in mezzo alla strada» dice.

In un'altra occasione eviterebbe quell'osservazione che ha le potenzialità per innescare una discussione. Lui non accetta critiche su come guida e come parcheggia, ma il credito che lei sente di vantare è talmente alto che si può permettere questo e altro; è anche un modo per misurare quanto potere detiene ancora dopo l'incidente.

Si ostina a definirlo provvisoriamente un "incidente", ma non sa davvero. Se lui non si decide a spiegarsi non lo saprà mai.

«Vedi un posto migliore?» Il tono della risposta non è polemico. Le sta domandando se per caso vede un parcheggio che a lui sfugge.

La donna sta per smontare, ma il vecchio autocarro appare improvvisamente dalla curva poco distante. Non c'è tempo per scendere e richiudere la portiera prima che transiti. Il cassonato rallenta, forse lo fa di proposito, come se volesse lasciare dietro di sé il ricordo di un ultimo dispetto insieme a una boccata di alito rovente.

L'aria è vagamente profumata nonostante il passaggio del camion. Glicine, pensa lei, e si guarda intorno alla ricerca della pianta.

«È uno dei nostri posti» osserva lui.

È un'apertura distensiva, ammette che la donna ha visto giusto notando quel locale e dice anche altro. Conferma che hanno dei posti loro; sono una coppia, hanno una storia. Sono in due, ma insieme sono uno.

I "loro posti" sono quelli che i turisti solitamente evitano: piccoli caffè nascosti, minuscole trattorie, taverne senza insegna. Questa brutta palafitta sulla litoranea è un ottimo pezzo per la loro collezione. Lei l'ha visto per prima, lui si attribuisce il merito di aver deciso di fermarsi e tornare indietro. Lei glielo concede.

«Sperando che sia aperto.»

Lo spera anche la donna. Ha bisogno che la tortura inflitta da quella successione di curve le conceda un momento di pausa, e poi vuole dare a lui l'occasione di dire ciò che ha da dire.

Sotto la veranda non c'è nessuno. Sui tavolini sono stese delle cerate trattenute da fermagli ossidati. Una è a quadretti bianchi e rossi. Aveva visto bene.

I portacenere, triangoli d'alluminio, tutti diversi tra loro, sono vuoti ma non puliti. Evidentemente, a eliminare mozziconi e cenere non è stato il gestore ma un colpo di vento.

L'apertura nel basso muretto permette il passaggio di una persona alla volta. Lui, educatamente, le cede il passo. È da tanto che non lo fa. In sei anni di vita insieme molte cose si perdono e, se improvvisamente tornano, spesso c'è un motivo.

La donna, soddisfatta, passa.

2

Lei si tocca. Lo fa quasi sempre. È raro che riesca se non si aiuta.

Qualche volta succede, ma soltanto se è lei a stare sopra, e comunque non è detto.

Lui la aspetta, conosce i suoi tempi, si muove adagio. Non ha fretta. Tiene gli occhi chiusi, l'ombra di un sorriso sulle labbra piene. Quelle labbra che lei gli ha sempre invidiato.

Con la mano sinistra, si tiene aggrappata al suo collo. Non è per avvicinarlo a sé. Forse anche. Quando il suo petto le sfiora il seno le piace, il contatto la fa fremere, ma si tiene a quel collo forte soprattutto perché sa che se non si afferrasse a lui precipiterebbe.

È stata lei questa volta. Ultimamente capita spesso che sia lei a iniziare. Gli ha posato una mano sulla spalla e lui ha capito subito. Qualche volta è più esplicita.

Quando l'ha toccato, lui era disteso su un fianco, voltato verso il proprio comodino, che poi un vero comodino non è. Pretende di essere originale, rustico, ma non è un comodino; è soltanto una sedia impagliata, riverniciata con lo smalto rosso, declassata a porta abat-jour e incastrata tra il letto e la parete, dalla parte dove dorme lui.

Lui sta sempre a sinistra e lei a destra. Ripetono anche nelle camere di passaggio lo schema di casa.

Dalla parte di lei non c'è nemmeno una sedia. Il comodino è un cubo di legno, colorato con un impregnante molto scuro, che lo fa sembrare più massiccio di quanto sia. La donna ha posato nel poco spazio libero gli anelli, l'orologio e il libro che sta leggendo in questi giorni.

La moquette è un inutile di più. Lei l'ha sollevata con due dita e al di sotto ha scoperto un pavimento di cotto. Sarebbe infinitamente più bello di quel tappeto polveroso.

Una delle pareti è color lilla, le altre sono tutte bianche. Anche il soffitto irregolare è dipinto a calce.

L'armadio di legno scuro crea un bel contrasto. Sembra realizzato a mano. Sicuramente è sbilenco. Forse è antico, ma qualcuno ha pensato di renderlo più confortevole montando una striscia di led che si accendono non appena si apre l'anta. Questa intrusione di luci, fredde e inutili, in un mobile che probabilmente è nato in epoca borbonica, l'ha infastidita. Come pure l'odore. Tutti gli armadi odorano: per qualche tempo di nuovo e poi, a volte, di canfora o di lavanda. Più spesso l'odore è intimo. È l'afrore delle persone che hanno piegato e rimesso, tra quelle assi porose, camicie, vesti e maglie. È odore di vita e di corpi sconosciuti. Per questo la donna, che è moderna e prudente quando si tratta di lasciar entrare qualcuno nella sua vita, ha fatto un respiro breve e superficiale, sperando in un assaggio dall'esito insipido. Invece no. La miscela di aromi non è neutra, non è piacevole e soprattutto le è estranea.

Ha richiuso l'anta e ha lasciato le sue cose nel trolley.

Il catino sul treppiede e la brocca smaltata probabilmente sono autentici pezzi d'antiquariato, ma sono anche inutili, perché la camera ha un piccolo bagno privato con lavabo, bidet e doccia. Il bagno non ha sfogo: niente finestra. Questo sul sito internet non era chiaro. C'è una ventola che si avvia non appena si entra e rimane accesa per troppo tempo quando si esce. Disturba.

Anche adesso, mentre fanno l'amore, la ventola va.

Il caldo infastidisce. La porta finestra si affaccia su un piccolo cortile, completamente acciottolato. Non c'è verde di sotto. Il calore assorbito dalla pietra durante il giorno risale e si insinua nella camera.

È piovuto per qualche minuto, senza tuoni e senza voglia: poche gocce che non sono riuscite a bagnare nulla se non l'aria.

La pelle di entrambi è umida, appiccicosa. Faranno la doccia dopo.

Il bed & breakfast si presenta dalla strada con un aspetto romantico; una scala a giorno parte da una stradina stretta e ripida, e risale un breve dislivello. La colonna e i gradini sono imbiancati; i vasi posati sui parapetti traboccano di calle. Appese alle pareti delle stanze ci sono trecce d'aglio e di cipolle rosse.

Il piccolo borgo, poco più di una frazione, è altrettanto pittoresco: una fitta rete di vicoli pavimentati in ciottoli macchia il fianco della montagna.

Lui si ferma e lei capisce che ora deve fare presto. Spalanca gli occhi e lo fissa. Le piace guardarlo. Ma perché non apre gli occhi anche lui?

Quando sarà il momento, gli chiederà di guardarla, e subito dopo vorrà essere baciata. E desidererà, anzi pretenderà, che lui si muova più in fretta e con più forza, molta più forza, ma adesso è ancora presto.

3

La veranda è una colata di cemento grezzo, come la facciata del locale a un solo piano. L'intonaco non c'è. Forse non è stato nemmeno previsto.

Le pareti sono rivestite con stuoie di vimini, uguali a quelle che i bagnanti srotolano sulle spiagge. Ce ne sono un certo numero, impolverate e strappate, sovrapposte le une alle altre per creare un effetto naturale e nascondere i difetti del calcestruzzo. Potrebbero costituire una buona soluzione se non fossero sporche e non lasciassero scoperte ampie zone di muro ruvido.

La tettoia è composta da lastre di un materiale ondulato, semitrasparente, verdastro. Quando piove, è preferibile bagnarsi, piuttosto che sopportare il baccano delle gocce contro le tegole sintetiche. La donna non se ne intende. Immagina e spera che non si tratti di amianto.

È lei a scegliere il tavolino. Preferisce quello incastonato più a fondo nella veranda; è il più lontano dalla strada, per quanto tre passi possano essere compresi nella definizione di lontano.

Dal tavolino e dalla veranda si scorge una porzione di montagna. Il mare è da qualche parte, sotto di loro, e quasi non si sente. C'è bonaccia.

Per un attimo appare il cameriere, un uomo con un grembiule in vita, pochi capelli riportati sul cranio rotondo. È stato richiamato all'esterno dal raschiare metallico delle sedie spostate. Ha visto la coppia, ha borbottato qualcosa ed è scomparso nuovamente all'interno. Forse non è un cameriere. Non sembra un posto dove possa trovare impiego personale di servizio. Probabilmente è il titolare a occuparsi dei clienti. Un oste, dunque, più che un cameriere.

In un altro momento, un altro giorno e un'altra vita, l'uomo e la donna saprebbero come gestire il vuoto di quell'attesa. Si scambierebbero emozioni senza parlare. Ma all'apparizione dello strano personaggio non è seguito il consueto sorriso complice. Perché oggi non sono complici.

«Almeno ci ha visti» osserva lui.

Lei non replica, finge di non aver sentito, come le impone il copione della giornata.

Un minuto più tardi, l'uomo ritorna con una cesta. Senza dire nulla, la appoggia sul tavolino accanto e prende qualcosa dall'interno. È una tovaglia pulita e stirata. Di colore rosa. La sventola una volta per spiegarla e la lascia afflosciare sul loro tavolo. La donna è veloce nel rimuovere il portacenere. È un gesto istintivo che automaticamente si trasforma in una sorta di autorizzazione.

Ma è un consenso estorto.

I due, improvvisamente, ritrovano la perduta intesa.

«Lasci!» dice lei. «Prendiamo solo un caffè.»

L'oste sente. Non può non sentire, ma non interrompe le operazioni. Dalla cesta estrae due bicchieri e, capovolti come sono, li posa sul tavolo.

Fa un cenno d'intesa alla donna, come per dire che ha capito, ma che non importa. Come se apparecchiare per servire un caffè fosse tradizione del locale.

I bicchieri sono seguiti da due buste di carta che contengono le posate e i tovaglioli usa e getta.

«Fosse anche solo per un caffè...» butta lì l'oste prima di rientrare.

«Questo adesso ci fa pagare il coperto» profetizza lui, mentre esamina le diciture sulle buste.

La grafica gli sembra molto simile, se non identica, a quella delle confezioni di posate in dotazione al bar dove si reca in pausa pranzo quasi tutti i giorni. Possibile che a centinaia di chilometri di distanza gli esercizi di ristorazione siano serviti dal medesimo fornitore? Sarebbe un caso curioso. Pensa di tenersi quell'incarto per portarlo via con sé e fare qualche ricerca una volta rientrato in sede, ma sa perfettamente che la busta non arriverebbe da nessuna parte: la perderebbe prima. Se gli dovesse venire in mano nei prossimi giorni, mentre disfa i bagagli, la spedirebbe appallottolata nel cestino della camera. Non gli interessa veramente. L'attrattiva di quell'involucro sta già per esaurirsi. Lo ha riportato per un momento in città, all'ufficio, alle frequentazioni di tutti i giorni. È un legame con tutto ciò a cui ha rinunciato con fatica per intraprendere questo viaggio.

A chi gli dice che è intossicato dal lavoro risponde con un sorriso. Non è vero.

Il lavoro gli piace, le responsabilità gli piacciono, non esita a prendere decisioni e lo pagano per questo. Ma non è soltanto il lavoro, è tutto quanto: è il parcheggio riservato, è l'ambiente, sono le persone che incontra, sono i ritmi, è l'eccitazione del confronto, è la competizione, sono i successi di tutti i giorni. Si è già domandato se una vacanza sia in grado di ricaricarlo e di infondergli nuove energie, come gli hanno detto e ripetuto per convincerlo a partire. Si è già risposto di no. Non ne ha bisogno. Non si è mai sentito così vivo come negli ultimi mesi.

Vorrebbe aprire la confezione per tenersi l'incarto, ma si rende conto che forse si sbaglia, non è simile a quello della tavola calda vicina all'ufficio e poi, se strappasse il sigillo, sarebbe difficile contestare il prezzo del coperto. Alza allora lo sguardo sulla compagna. Se lei ha già aperto la sua, il problema non sussiste.

La donna è infastidita e pensa a tutt'altro. Teme che l'osservazione sul pagamento del coperto abbia raggiunto l'oste, perché il suo compagno non ha pensato di abbassare la voce per commentare. Si volta per controllare. Se ha sentito non l'ha dato a vedere: è scomparso all'interno.

La situazione potrebbe essere persino divertente, ma oggi la forza di gravità fa precipitare tutto verso il basso: la luce, i colori, l'umore e le parole.

L'oste, poi, si è fatto un'idea sbagliata sulle loro intenzioni, oppure vuole fare il furbo. In entrambi i casi sta trasformando una pausa che dopo due ore d'auto dovrebbe risultare rilassante in un momento di tensione.

Lei estrae il telefono dalla borsa. Un gesto automatico. Non nutre molte speranze di captare il segnale internet, perché lui ha appena fatto scivolare il proprio cellulare nella tasca della giacca e sembra deluso.

La donna controlla ugualmente. È un modo per far passare qualche secondo. Non appare nessuna icona che indichi il segnale. Potrebbe telefonare o spedire sms. Ma non ne ha bisogno.

Ciò che le servirebbe sarebbe un messaggio, un post su un social, una notizia di qualunque tipo che la rassicuri e le dica che sua madre sta bene e non l'ha cercata per comunicarle qualcosa d'importante. Si sta sottoponendo a una serie di esami clinici, e queste indagini costituiscono una novità. Dice che si tratta di normali controlli, di un programma di prevenzione, ma lei non è convinta. Forse non le sta raccontando tutto. Vorrebbe che quel vago senso di colpa che sente per essersi permessa alcuni giorni di vacanza si attenuasse e l'abbandonasse.

Pizzicata tra il cellulare e la sua protezione in silicone, spunta la carta flaccida di uno scontrino.

La donna lo libera per buttarlo. Il portacenere non aspetta altro. Mentre lo accartoccia, però, lo sguardo è attratto da una scritta.

Si blocca.

Impallidisce.

Si rende conto che da qualche minuto non ci stava pensando. Ora che lo riconosce, quello scontrino la scuote come un'onda che supera il molo foraneo e agita le acque del porto. La strattona e la riporta indietro di ore, a quando era così furiosa da non riuscire neanche a parlare. Intuisce che quel frammento di carta chimica non le è arrivato in mano per caso. È emerso dalle profondità della sua borsa perché pretende di stare sulla tavola apparecchiata come portata principale.

Chi è lei per opporsi a una volontà così forte? Lo appoggia sulla tovaglia rosa e lo stira con la mano.

La mano però è calda, sudata, e lascia un'impronta. Se ripetesse l'operazione ancora una o due volte rischierebbe di cancellare le deboli scritte.

Lui guarda senza vedere. È evidente che non ha capito. Come potrebbe? Lui era fuori ad aspettare in macchina. Se solo immaginasse di che scontrino si tratta, distoglierebbe lo sguardo e forse arrossirebbe. Invece segue i movimenti delle mani della compagna pensando ad altro.

Lei legge l'orario stampato su quel biglietto. Possibile che siano passate soltanto due ore? Anzi, meno di due ore.

L'oste ritorna. In una mano tiene un bloc-notes e nell'altra una penna sponsorizzata, un'attrezzatura decisamente sovradimensionata per raccogliere l'ordinazione di due caffè.

«Soltanto due caffè» ribadisce lui, scandendo le sillabe come se si stesse rivolgendo a un sordo. Non si sente in colpa per la tovaglia pulita. Sono stati chiari poco fa.

L'uomo in piedi annuisce. Segna qualcosa sul taccuino, poi lo lascia scivolare nella tasca del grembiule e accenna all'auto ferma davanti all'ingresso.

«Lì non può stare.»

La donna assiste con interesse. Le sembra di aver detto qualcosa del genere poco prima e ora non può che trovarsi d'accordo.

«Sì, ma non c'è posto.»

«Non è per me» rassicura immediatamente l'altro, «e nessuno vi farà mai la multa se non la spostate. Ma con una strada così... non sapete quante volte...»

Lascia la frase in sospeso. A volerla completare si potrebbe supporre che ci siano stati numerosi incidenti in passato, auto o camion che, incrociandosi proprio davanti al locale, hanno urtato le vetture parcheggiate.

«Ho un bidone pieno di specchietti retrovisori» conferma l'oste.

«Ma i vostri clienti dove le mettono le auto?»

L'uomo fa un cenno indicando dietro di sé.

«Le buttano in mare?» domanda sarcastico l'uomo.

«Sul retro.»

La donna e l'uomo lo guardano senza capire. Non immaginano che possa esistere un retro. Il locale è affacciato sulla scogliera.

«Mi dia le chiavi, gliela sposto io.»

L'oste allunga il braccio e lo lascia lì, in attesa.

L'uomo esita. Non ha capito dove vorrebbe mettere la loro auto.

«Prendiamo solo il caffè. Un minuto e ce ne andiamo.»

L'oste ritira il braccio. Abbandona la modalità posteggiatore e ritorna venditore.

«Nemmeno una pasta di mandorle fatta in casa?»

L'uomo sta per dire di no, ma riesce a trattenersi in tempo. Non sarebbe la prima volta che lei gli rimprovera di prendere decisioni senza consultarla. E oggi non è il caso di aggiungere tensione alla tensione.

«Vuoi un dolce?» le domanda.

«Sono davvero fatte in casa?»

«Infornate ieri sera da mia moglie. E anche se c'è questo tempo, non si sono rovinate. Anzi, sono ancora più buone.»

Avrebbe detto qualcosa di diverso se oggi piovesse o se fosse soleggiato e secco?

La donna annuisce. «Per me sì, le provo, ma giusto due.»

Pensa che masticare qualcosa la aiuterà a scacciare la nausea che ha accumulato in auto.

Anche l'uomo gradirebbe un assaggio, ma si è già esposto. Fa segno di no con la testa.

L'oste non se ne va. Entrambi lo guardano.

«Le chiavi?»

Il braccio è di nuovo lì, in mezzo a loro.

Lui non ha motivo per non aderire all'invito, se non il fastidio di pensare che un altro uomo si siederà al volante della sua auto. Non è una questione da poco. È nuova, ne è innamorato come il primo giorno, che è distante neppure un mese. Ricorda perfettamente il piacere provato al momento della consegna, quando ha constatato che il contachilometri digitale ne segnava soltanto quattro.

Sono andati insieme a ritirarla, e lui le ha offerto di guidare per prima, contando sul fatto che lei avrebbe abdicato e gli avrebbe lasciato l'onore. Ha avuto ragione. Ma anche nei giorni successivi, con un pretesto o con un altro, l'auto nuova l'ha guidata quasi sempre lui.

Gli piace quella macchina. A volte, quando la guida, pensa di essere in compagnia di passeggeri immaginari: amici, colleghi o anche sconosciuti. In quei momenti, aderisce con la schiena al sedile per apparire più dritto di quel che è, slaccia i bottoni del polsino e tiene il braccio destro teso sul volante. Vuole che si veda bene l'orologio con il cinturino in pelle che indossa. Muove la leva del cambio con gesti morbidi e sensuali e si permette persino qualche sorriso rivolto al sedile accanto, a chi non c'è.

La sua auto. Potrebbe resistere alla richiesta dell'oste. Potrebbe dire che per i pochi minuti necessari a bere un caffè la macchina può restare dove si trova, se ne assumerebbe senz'altro i rischi, ma quel braccio proteso verso di lui, tozzo, volgare e così diverso dal suo, è un emissario dell'ospitalità locale, e rifiutare gli provoca più fastidio di quanto disagio gli costi accettare. Prende dalla tasca dei pantaloni un piccolo oggetto nero con qualche serigrafia rossa e lo consegna.

«Ma dove la mette?»

Il ristoratore risponde con un'occhiata d'intesa. Rientra nel locale, forse passa l'ordine per i caffè a qualcuno, poi ricompare davanti alla coppia e infine raggiunge l'auto.

«Adesso scopriamo che non è il proprietario del locale, ma un ladro, e se ne va con la macchina e tutta la roba nel bagagliaio» ironizza lui.

Ha di nuovo parlato troppo forte, ma questa volta la donna non si preoccupa.

Per lei è come se avesse appena letto il listino della borsa valori o le temperature delle capitali asiatiche; perciò non sorride, non ammicca, non fa nulla.

Poco lontano, l'oste sale a bordo dell'auto, avanza di qualche metro, poi sterza decisamente, come se volesse buttarsi contro la montagna. Ingrana invece la retromarcia e si tuffa all'indietro lungo un passaggio nascosto dalla veranda. Il muso dell'auto s'impenna verso il cielo come la prua di una nave che affonda. Seduto, l'uomo si scopre aggrappato al tavolino, spaventato. Non capisce cosa stia succedendo, ma dopo poco si tranquillizza: evidentemente c'è una stretta rampa di fianco al locale. Dev'essere poco più di un sentiero, perché prima non l'hanno notata.

Il rumore del motore si dissolve, assorbito dall'afa.

«Evidentemente c'è un viottolo, un passo carraio, qualcosa...»

La donna è sorpresa quanto lui.

«Mi auguro che la tiri anche fuori, dopo. Tra un po' scopriamo che il parcheggio è gratuito, ma per avere indietro l'auto bisogna pagare.»

Per infastidire l'uomo, decide di lasciar cadere nel vuoto anche questa battuta e non accusa ricevuta in nessun modo, come se non lo avesse ascoltato. Con un dito si esplora la pelle sotto il labbro.

«Speriamo che questa roba regga ancora cinque minuti prima di finire in mare» insiste lui.

La terrazza sulla quale si trovano poggia sul terrapieno, ma il resto della costruzione, con la cucina, il bar e il parcheggio, è sospeso sull'abisso a chissà quale altezza sulla verticale degli scogli.

L'oste non ripassa per la veranda; evidentemente è rientrato attraverso una porta sul retro.

L'uomo si sente a disagio. Si rende conto di essersi messo in una situazione di soggezione consegnando le chiavi. Avrebbe dovuto rifiutare cortesemente. E se l'altro avesse insistito, se ne sarebbero andati. Con ogni probabilità avrebbero trovato un bar meno squallido e meno esposto sul vuoto entro pochi chilometri.

La donna avverte il malessere del compagno. Lo paragona al proprio e scopre di sentirsi ancora in vantaggio. Il pensiero di ciò che è successo la sera prima la fa ancora avvampare e il malessere non si attenua. Torna su continuamente, come un rigurgito acido.

Lo scontrino si muove sulla tovaglia. Lo notano entrambi. Un movimento minimo, appena percettibile. Lei è pronta ad afferrarlo, se minacciasse di volare via.

Sta per dire qualcosa, ma l'oste appare con una ciotola piena di olive, un tagliere con un salame affettato e alcune fette di pane.

«Vogliate gradire» dice appoggiando tutto sul tavolo. «Mentre aspettate il caffè» spiega, come se l'attesa potesse dipendere da qualcun altro.

La situazione potrebbe essere divertente, ma nessuno ride.

«Sono le paste di mandorle?» domanda l'uomo accennando alle olive.

L'oste sorride. Forse vorrebbe ridere ma non sa se deve o se può. Nell'indecisione, piega per un attimo le ginocchia in un gesto senza un significato preciso e sicuramente poco virile. Non si capisce se colga l'ironia o meno.

«Olive di qui» specifica, facendo intendere di esserne il produttore.

I due annuiscono. Si rendono conto che stanno cedendo alla volontà dell'oste. Questi infila una mano in tasca e posa sul tavolo un barattolino di vetro con degli stuzzicadenti.

«Per le olive» precisa.

La donna infilza una grassa oliva nera, condita.

L'oste sembra soddisfatto e sparisce all'interno.

«I caffè!» gli ricorda l'uomo, ma non è sicuro

che la sua voce sia riuscita a raggiungerlo prima che rientrasse.

La donna si porta la mano alla bocca per rilasciare un nocciolo. Poi si versa dell'acqua nel bicchiere attingendo da una bottiglia che si è materializzata sul tavolo, non saprebbe dire quando e come.

«Ma non dovevano essere paste di mandorle?» chiede lui.

Lei avrebbe una battuta pronta, ma si trattiene. Da lui si aspetta scuse e spiegazioni. Dal momento che non arrivano si sente autorizzata a mantenere le distanze.

Se fosse lei a dire qualcosa di divertente – e di solito è brava in questo –, sarebbe come concedere un indulto, un provvedimento di clemenza nei confronti di chi non ha fatto nemmeno domanda. Non ha alcuna intenzione di sdrammatizzare, non ancora.

Lo scontrino, mosso da un filo d'aria, rotola fino all'uomo, che istintivamente lo ferma.

Lei lo spia, aspettandosi che sul volto gli appaia un'espressione di sgomento. Vuole vederlo trasalire, deglutire, diventare rosso o pallido. Deve pentirsi di tutto, persino di aver guardato quel pezzo di carta.

4

Lui affonda con forza e a sorpresa. Finora si è mosso lentamente, poi questo tuffo improvviso alla ricerca del di più non si può. Una volta sola, per creare scompiglio, poi riprende la crociera come se la mina non fosse mai detonata.

Poiché a ogni azione corrisponde una reazione, ciò che avviene nelle profondità della donna si riflette in un movimento esterno. Spinge il bacino verso la collisione, cercando la fusione totale, anche se ormai è tardi. Ma come poteva prevederlo? Sì, lui fa così qualche volta, ma non sempre, e in questo momento lei non se l'aspettava.

Lui indugia un poco, come la pattuglia che ritorna in trincea dopo una sortita e valuta, ormai al sicuro, gli effetti dell'avanzata. Un bottino l'ha raccolto: lei ha prodotto un fiato. Un soffio le è sfuggito dalle labbra e, passando attraverso la gola, ha modulato un gemito. È un suono portato, come una vocale, certo, anche se si potrebbe sfogliare avanti e indietro l'intero abbecedario e non si riuscirebbe lo stesso a riconoscerlo. Forse perché non è un suono che si insegna a scuola, forse perché non c'è bisogno di studiare per impararlo.

Quel gemito, che si trascina ancora, sia pure meno sgomento, percorre e colora le pareti della camera.

Le prime volte lei si tratteneva. Non sapeva se lui gradisse. Erano entrambi poco più che trentenni. Vivevano ciascuno nel proprio appartamento. Lei in quello che divideva con una coinquilina, lui da solo. Eppure, quando s'incontravano e facevano l'amore era quasi sempre da lei. A volte doveva reprimere suoni, gemiti e persino urla, perché in casa non erano soli, altre volte lo faceva per pudore. Riteneva che una manifestazione di quel genere sarebbe stata interpretata come una perdita di controllo, e non voleva farsi vedere più nuda di quanto già fosse.

Ancora oggi, dopo sei anni, non sa se i suoi versi lo eccitino o gli siano indifferenti. Non gliel'ha mai chiesto e lui non ha mai detto nulla. In verità non si accorge quasi di emetterli. Se non li sentisse anche lei, se non le arrivassero come suoni terzi rimbalzando sulla volta, forse non lo saprebbe, così come lui non sospetta di russare, soprattutto quando la sera mangia troppo.

Sa che quando si tocca, come sta facendo adesso, a lui non dispiace. Le prime volte non lo faceva perché non era sicura di come l'avrebbe presa. Del resto, le piaceva lo stesso. Arrivare al culmine non era così importante. Ma già dopo due o tre volte lui aveva capito e, senza dire nulla, senza domandarle nulla, mentre la baciava le aveva preso la mano, la destra, e l'aveva guidata in un lungo viaggio apparentemente senza meta lungo i loro corpi. Le loro mani, unite, avevano accarezzato fianchi, pelle, sfiorato i seni. Erano infine scivolate lungo l'addome ed erano giunte, ancora in coppia, dove i loro corpi si confondevano. Lì, lui l'aveva lasciata sola e lei aveva capito di aver scelto l'uomo giusto.

Si erano conosciuti alcune settimane prima. Era una domenica pomeriggio d'inizio autunno, al termine di una partita di rugby tra squadre di dilettanti. Entrambi avevano degli amici di amici tra i giocatori, e al termine dell'incontro si erano uniti alle squadre per il terzo tempo, quello che si gioca al ristorante.

Lui, che durante la partita era rimasto semplice spettatore, a tavola si era improvvisato mediano di mischia. Era brillante e la sua parlantina sciolta era sostenuta da un viso bello. Era diventato in breve l'anima di quella parte della tavolata. Tuttavia, era troppo preso dalla volontà di piacere per riuscirci davvero e lei l'aveva giudicato noioso e borioso, di certo non attraente.

Faceva ogni sforzo per rimanere al centro dell'attenzione. Era stato in grado di spostare il fulcro del discorso dallo sport al lavoro e da questo alla logistica, che era il ramo di attività nel quale aveva iniziato una veloce carriera da dirigente. Raccontava aneddoti su se stesso condendoli con quel po' d'ironia che serviva a contenerlo prima che cadesse nell'autocelebrazione.

Dopo il caffè, aveva perso gran parte dell'attenzione conquistata presso i commensali. Lei continuava a guardarlo, più per mancanza di alternative che per altro. Da alcuni minuti aveva iniziato a disinteressarsi ai discorsi sulla movimentazione delle merci e si domandava per quanto tempo ancora sarebbe andata avanti la cena.

Ma improvvisamente si presentò il momento zero.

Lo chiama ancora adesso così quando ci pensa, e l'ha chiamato così anche quando ne ha parlato con lui.

Il detonatore era stato azionato dal vicino di posto che si trovava alla sua destra, un tale che conosceva da pochi minuti, e che se non si fosse voltata non avrebbe saputo descrivere nemmeno nel colore dei capelli. Era stato quell'uomo a mormorare una brevissima frase avvicinandosi al suo orecchio.

Potrebbe giurare ancora oggi che il suo innamoramento sia nato in quel preciso istante.

«Oggi ha sniffato roba scadente» aveva osservato l'uomo.

Il tono era quello di chi vuole giustificare o canzonare bonariamente un amico, ma l'osservazione le era giunta per ciò che era: l'autodenuncia di un'invidia feroce, il tentativo inutile, gratuito e maligno di gettare ombre sull'unica luce accesa in quell'angolo di sala.

Forse per reazione, forse perché in quel momento il giovane esuberante si stava concedendo una pausa dai suoi racconti e stava guardando proprio lei con un sorriso dolce e un poco triste, provò per lui un'immensa, incontenibile tenerezza. Il giovane manager in carriera le ispirò immediata simpatia e fu presa dal desiderio di conoscerlo meglio. Per questo era diventata subito sua complice e spalla nel proseguimento della serata, l'aveva sostenuto, aveva interloquito, si erano divertiti e avevano divertito gli altri. Per questo aveva accettato senz'altro di rivederlo.

Quando, alcuni giorni più tardi, lei gli aveva riferito le parole del conoscente, lui aveva negato, aveva giurato che non era vero, che sì, aveva provato una volta la coca ma quell'unica volta gli era bastata per tutta la vita. Lei non aveva motivo di dubitarne, dal momento che, conoscendolo meglio e sempre di più, aveva avuto modo di scoprire che il suo essere brillante non aveva bisogno di stimolanti, semmai di sedativi per non tracimare quando non era conveniente.

A sei settimane da quella cena, vivevano già insieme.

L'appartamento che hanno scelto si trova a più di otto ore di auto dal bed & breakfast. Non è né l'abitazione dove viveva lei con la sua amica, né casa di lui. Hanno deciso che sarebbe stato meglio trovare un domicilio neutrale come base della loro vita. Ancora oggi pensano che sia stata una decisione saggia.

Due giorni fa hanno chiuso la porta, e dopo aver inserito il sistema antifurto hanno percorso tutta la tangenziale, puntando a sud.

Lui affonda ancora a tradimento e lei, nuovamente scossa da una bomba in profondità, rilascia un gemito. È piacere, sì. È senza dubbio un piacere che si irradia dal punto in cui i loro corpi giocano con gli attriti, ma non sarebbe nulla se non si fondesse con l'altro piacere, ancora più profondo, che discende dai suoi pensieri. Invitare il suo uomo, rendersi accogliente, dischiudersi per lasciarlo entrare, cedere terreno alla sua avanzata, fargli sentire in ogni istante, con il contatto, il desiderio e il bisogno che ha di lui, la fa sentire viva.

Questo è piacere. Circondarlo di affetto e di sé, stringerlo per quanto possibile, sono sensazioni che non hanno a che fare con i sensi. Sono nate e cresciute con lei, l'accompagnano da quando ne ha memoria. Era una bambina che si accorgeva del proprio corpo e ne sperimentava le funzioni, intuendo che, su qualsiasi cosa avesse fantasticato, sarebbe arrivato un giorno in cui una forza molto più potente di qualsiasi immaginazione l'avrebbe travolta. Aveva ragione: era questa.

Lui non è mai uguale a se stesso. Dopo sei anni è ancora in grado di stupirla, generalmente è fantasioso nei suoi approcci, non si ripete. Tuttavia, oggi è diverso. Gli affondi a sorpresa sono piacevoli, persino devastanti, ma non costituiscono una novità; le sta offrendo un amplesso di repertorio. Lei ama quel modo di essere posseduta (e quale non le piace?), teme e desidera quegli acuti improvvisi. Fa tutto parte di una musica nota, che si ascolta sempre con trasporto, ma alla quale manca l'eccitazione della novità. Forse lui oggi non la desidera quanto lei desidera lui. Oggi non è esuberante.

Se non l'avesse richiamato con quella mano sulla spalla, probabilmente si sarebbe addormentato. Al volante è stato sempre lui: almeno trecento chilometri senza autostrada. La visita al parco archeologico, poi, è stata un'immersione nell'afa.

Lui colpisce una terza volta senza preavviso e lei trasalisce. Unisce i talloni dietro i suoi lombi e lo invita a farlo ancora.

5

L'uomo appallottola lo scontrino e lo getta nel portacenere.

Non era previsto.

Tra tutte le opzioni possibili, la donna non aveva messo in conto che lui potesse attuare una rimozione così semplice e drastica. È un gesto di totale indifferenza quello di buttare lo scontrino. È disprezzo puro. Oppure è l'effetto di una legge di amnistia *ad personam* promossa, promulgata e resa esecutiva senza discussione in aula?

Per lo stupore, la rabbia e lo sdegno, lei schiude le labbra, ma non ne esce alcun suono. Osserva impotente e si sente ferita e indignata, tanto quanto ieri sera; è come se lui avesse aperto il suo cofanetto, quello che tiene in camera, avesse preso a caso vecchie lettere, fotografie e una manciata di bigiotteria e avesse buttato tutto nel nero, che nel loro condominio è il colore del bidone dei rifiuti indifferenziati.

Non riesce a tacere. Vorrebbe trovare una frase tagliente e risolutiva, ma è troppo in collera per riuscire a pensare.

«Te la cavi così? La chiudiamo qui? Per me va bene.»

Non è nemmeno la bozza mal riuscita di ciò che avrebbe voluto dire. Certamente esisterebbero mille approcci più efficaci, ma non può permettersi di perdere il momento soltanto perché non trova le parole adeguate. Del resto, che le sue parole siano da interpretare al contrario è lampante.

«Così come?» domanda lui.

Lei fa un gesto di esasperazione. Lui si è immobilizzato, come chi non sa davvero di che cosa lo si incolpi. Sembra sincero.

«Lo scontrino!» Lo indica anche con gli occhi, mentre l'esclamazione, lasciata aperta, crea un risucchio che sarebbe perfetto per tirarsi dietro l'appellativo «coglione!».

«E allora?»

«L'hai guardato e l'hai buttato via!»

Lui pare non capire.

«Cioè, sì, l'ho visto ma non l'ho guardato. Dovevo? È importante?»

Mentre si difende, recupera la pallina dal portacenere.

«Cazzo!» dice lei rivolta alla tettoia.

Lui sta fingendo? Possibile che riesca a mentire ed essere così naturale? Oppure no, può essere che abbia effettivamente dato un'occhiata allo scontrino senza vederlo, sempre distratto com'è. C'è la possibilità che non stia recitando. Adesso sembra interessato. Quantomeno vuol sapere di che cosa lo si accusi. Ma non ci arriva? Non gli è chiaro di cosa si stia parlando? Ha bisogno dei sottotitoli?

L'uomo incontra qualche difficoltà nel dispiegare lo scontrino accartocciato. Non vuole rovinarlo più di quanto già sia. Lo apre con delicatezza per non strapparne dei brandelli. La carta chimica è delicata; deve fare con calma: non vuole rischiare un altro attacco da parte di lei.

Lei sembra essersi calmata e aspetta. Non appena lui vedrà e capirà di cosa si tratta, le dirà qualcosa, finalmente parleranno dell'accaduto e magari potranno lasciarselo alle spalle.

Una donna grossa, che potrebbe essere tanto la moglie dell'oste quanto sua madre, appare improvvisamente alla guida di un motocarro a tre ruote che risale dal retro. La breve rampa richiede uno sforzo al piccolo motore a due tempi; sembra di udire i singoli scoppi nel cilindro. Per quanto la donna sia pesante, in qualche modo l'Ape guadagna la strada. Lei non si volta nemmeno per un istante verso la veranda, forse ignora di ospitare due turisti. Ingrana rumorosamente la seconda e si allontana in un frastuono privo di velocità, che sa di miscela bruciata.

L'intermezzo ha tolto un po' di tensione alla

disputa, e quando la donna volge lo sguardo nuovamente verso il compagno, per vedere se ha finalmente capito di cosa si tratti, si accorge che l'oste è di nuovo tra loro.

«Mia moglie va a prendere le paste a casa.»

Lui lo scruta senza parlare. L'oste è asfissiante, inopportuno e intempestivo.

«Tutto quello che si mangia qui è fatto in casa» specifica.

Il ristoratore sta aspettando che gli ospiti si accorgano delle due bottiglie che tiene in mano. Piega leggermente le braccia per sollevarle all'altezza dei loro sguardi e finalmente ottiene che il limoncello entri nel campo visivo della coppia.

«Questo lo produciamo noi» dice, e forse abbassa un po' il volume della voce, come se volesse sottintendere che si tratta di una pratica non del tutto legale, oppure è un modo per pregare i due avventori di non andare a riferirlo ai suoi concorrenti.

Né l'uomo né la donna accusano ricevuta. È come se non avessero visto comparire le bottiglie.

«Anche i limoni sono nostri. Limoni grossi così. Tutto nostro» aggiunge l'oste. «Le appoggio qua», e sistema le due bottiglie su un tavolo vicino. «Dopo ve lo faccio assaggiare. Non avete mai bevuto un limoncello come questo. In dispensa teniamo una piccola scorta di bottiglie, tutto fatto a mano, senza etichetta, per gli ospiti che desiderano portare a casa un souvenir gustoso, naturale e bio.»

L'uomo si volta platealmente verso la strada, anche se non sta passando nessuno e non c'è nulla da vedere: non vuole concedere nemmeno un centimetro di terreno all'oste.

«La piccola costa un po' meno ma, lo dico per voi, conviene quella grande.»

La donna osserva le due bottiglie, che in un primo momento le erano sembrate identiche.

«Come le abbiamo detto, noi vorremmo solo due caffè» ribadisce l'uomo. «Se non può farceli, ci dica per favore dove possiamo andare. C'è un altro bar più avanti?»

L'oste scuote tristemente la testa, come se fosse dispiaciuto per la mancanza di altri esercizi commerciali.

«Niente bar fino a... Ma per il caffè non si preoccupi. Del nostro caffè non si è mai lamentato nessuno. Ve lo porto già adesso? Non aspettate le paste di mandorle? Sono mandorle di qui e le abbiamo tostate nel forno di casa.»

«No, se ci porta subito il caffè preferiremmo, grazie.»

«Come volete» dice l'oste, ma non accenna a tornare in cucina.

La donna lo osserva infastidita, ma anche divertita.

Quell'uomo non le piace, ma è sicuramente il

personaggio più autentico che hanno incontrato da quando sono partiti. E poi è contenta che faccia innervosire il suo compagno. In questo è un buon alleato, se non altro perché i nemici dei propri nemici sono buoni amici.

L'uomo abbassa lo sguardo, sperando che in tal modo l'oste si senta congedato. Finisce di aprire la pallina nella quale aveva trasformato lo scontrino. Lo appoggia sul tavolo e vi passa sopra il dorso della mano per stirarlo.

L'oste è ancora lì, presenza inopportuna, pesante e imbarazzante.

L'uomo gli sorride.

«Uno scontrino» spiega a quello, che non si è ancora allontanato, forse perché incuriosito.

«Uno scontrino fiscale», e pennella non a caso l'aggettivo "fiscale", perché è convinto che l'oste abbia una contabilità alla buona, ovvero che sia lui a decidere se e quante imposte versare allo stato.

Si domanda se, quando si tratterà di pagare i caffè, ci sarà uno scontrino, ed è pronto a scommettere di no, ma è altrettanto pronto a pretenderlo.

L'oste non accenna a tornare dentro per dare corso all'ordinazione. Lui vorrebbe sollecitarlo, ma pensa che sia più urgente concentrarsi sullo scontrino. E finalmente lo esamina davvero.

6

Si è fermato. Non è una delle pause che preludono a un'avanzata. Si protrae troppo a lungo. Si è interrotto. Lei apre gli occhi, mette a fuoco il suo viso.

«Voltati» le dice.

Non è un ordine. Il tono è gentile. Chiede di essere accontentato, non pretende di essere obbedito. Forse a lei piacerebbe che lui fosse più deciso, che qualche volta le desse degli ordini, che per esempio le dicesse: «Voltati!», così, secco, con il punto esclamativo che in realtà nasconde un apostrofo, e l'apostrofo è lì per elidere un'altra parola, un aggettivo, una sconcezza. «Voltati, troia!», «Voltati, stronza!». Non l'ha mai fatto, probabilmente non ci ha mai nemmeno pensato, e lei non sa che effetto le farebbe. Se le dicesse quelle parole in un luogo diverso dal letto risponderebbe con una sberla e lo lascerebbe, ma tra le lenzuola esistono zone di franchezza diverse, dove sono ammessi gesti, pensieri e parole che in qualsiasi altro luogo sarebbero esclusi.

Forse le piacerebbe anche che lui, anziché chiederle di girarsi a pancia in giù, la rivoltasse con le sue braccia. Forse le piacerebbe che qualche volta, almeno una volta, fosse più animale. Ma lui non è così. È uno stronzo nella vita, ma a letto è un uomo delicato: non lo farebbe mai. Ogni tanto è ansioso di concludere, qualche volta pensa solo a se stesso, ma è quasi sempre attento a lei. Come in questo momento. Non è il maschio che pretende obbedienza, infatti domanda. Evidentemente ha qualche idea o qualche fantasia. È raro che lo facciano in quella posizione e non saprebbe dire perché, dal momento che piace a entrambi.

La donna ruota di centottanta gradi. È conscia della bellezza del proprio corpo. Ha la vita sottile, disegnata con il goniometro, pazienza se lui non vedrà i suoi seni morbidi, li ha già baciati poco prima. Non ha paura di mostrare le natiche; sa che anche quella parte del suo corpo è ben fatta. Glielo confermano gli sguardi dei colleghi in ufficio. A volte non sono soltanto gli sguardi. Arrivano battute che la infastidiscono, ma sulle quali può sorridere perché i colleghi sanno rimanere in un ambito che si trova ancora entro i confini dell'eleganza. Si domanda, però, perché nessuno osi fare le stesse battute all'altra collega: lavora con loro, nello stesso ufficio, ed è fatta molto bene. È persino un po' più giovane, forse. A lei non dicono mai nulla, non quando è presente, almeno.

Quando non c'è sì, li ha sentiti più volte confidarsi che cosa le farebbero se ne avessero la possibilità. Ma in sua presenza mai. Forse perché sembra inespugnabile, non lascia avvicinare nessuno.

Lei invece è conquistabile? Dà quell'impressione? No, non le risulta, eppure le battute sono riservate soltanto a lei.

Lui appoggia le mani sulle sue rotondità. Lei inarca la schiena, tale e quale a una gatta, poi si appoggia sui gomiti, il ventre che accarezza il letto. Aspetta qualche bacio tra le scapole, che però non arriva. Lui la afferra delicatamente per i fianchi e la solleva. Lei agevola il movimento e aspetta.

Non accade nulla. Sa che lui la sta guardando. Essere guardata in quel modo la eccita e la imbarazza. Non può mostrarsi più nuda di così. È alla sua mercé. Senza rendersene conto fa oscillare il bacino, impercettibilmente, forse per ricordargli cosa stava facendo e attirare un'attenzione che è già sicuramente sua. Indietreggia un poco per andargli incontro, facendo perno sulle ginocchia. È un invito a riprendere da dove si sono interrotti. L'intervallo sta diventando insopportabilmente lungo.

La mano scivola a palmo in su e riprende il gioco a cielo rovesciato; andrà avanti, con o senza di lui. L'uomo percepisce il movimento e capisce che è ora di porre fine all'attesa.

7

L'oste appare a disagio. Lancia occhiate verso la porta della locanda come se dall'oscurità che regna all'interno provenissero delle voci o dovesse comparire qualcuno. Si muove un po' agitato spostando il peso ora su una gamba ora sull'altra. Aspetta una folata di premura che lo prenda e lo spinga via dalla veranda.

Per congedarsi dopo una così lunga permanenza gli occorre un pretesto, come potrebbe essere il segnale di un timer o il richiamo acustico di un forno. Da qualche minuto è a corto di argomenti e di ascoltatori. La coppia è impermeabile, impegnata nella partita privata di un gioco che non capisce e a cui è estraneo. Nessuno dei due sembra disposto a concedergli un po' di attenzione.

Non si parlano nemmeno tra loro, forse è la sua presenza a impedirlo. Guardano verso la strada. La donna muove il capo come per far intendere che sta ascoltando, ma non sta affatto ascoltando. Continua a fare segno di sì anche quando l'oste tace. Il compagno non concede nemmeno quel piccolo segnale di falsa attenzione: tiene in mano quel pezzetto di carta. Quando solleva lo sguardo dalla piccola ricevuta è per osservare la strada costiera. Sta passando un furgone, ed è l'unica direzione in cui abbia senso guardare. Lo spettacolo appare dalla quinta di sinistra e scompare dietro quella di destra.

L'oste ha parlato del clima, di quanto quell'afa appiccicosa lo renda pigro e insofferente. Ha annunciato che quel cielo di latte costituisce un fenomeno piuttosto raro, che solitamente quel tratto di costa è tenuto pulito da una brezza fresca e profumata. Sono ormai tre giorni che il caldo si accanisce colando dal cielo. Forse in serata si guasterà e verrà a piovere. Di solito non piove per più di un giorno o due, si affretta a rassicurare. E quasi sempre soltanto di notte.

Ha provato a parlare delle paste di mandorle, della crema di mandorle e dei mandorli, che nel suo terreno sono dodici, proprio come gli apostoli. Crescono sulla montagna che affonda le radici lì davanti. Sopra le rocce, dietro il monte, si aprono delle piccole valli, e proprio lì la sua famiglia ha da generazioni una masseria con del terreno e un grande giardino. Non solo mandorli, ma anche cespugli di fragole, nespoli, alberi di pesco e limoni, che danno i frutti più grandi e genuini che si possano trovare. Proprio quelli dai quali lui e sua moglie ricavano il limoncello.

Ha parlato ai due ospiti della stagione turistica, che quest'anno è difficile da capire. Sono ancora tanti quelli che si fermano a prendere qualcosa, come hanno fatto loro due quella mattina, ma sono decisamente meno rispetto ad altri anni. In particolare sono pochi gli inglesi e pochi i tedeschi. Si vedono soprattutto russi e polacchi. Ogni tanto fanno sosta da lui dieci o dodici ciclisti per volta, con le biciclette stracariche, coi carrellini a rimorchio che invadono tutta la strada. Si fermano, si rinfrescano con qualche bibita, pretendono di usare tutti quanti il bagno, fanno pasticci quando c'è da pagare il conto e poi ripartono.

Ha poi parlato del locale, di come sarebbe diverso se avesse una vera spiaggia, ma lì sotto è tutto scogli, a meno di voler chiamare spiaggia quel tratto di ghiaia fine nel quale si potrebbe piantare un ombrellone, ma non due, e che è pericoloso da raggiungere per via di un sentiero che precipita per decine di metri appoggiandosi ora alla terra ora alle rocce, e che ha ceduto agli anni e alla salsedine grossi sostegni di cemento e quasi tutte le protezioni.

Ha provato inutilmente a porre qualche domanda agli ospiti. Ha tentato prima indirettamente, poi con richieste dirette. Non gli hanno dato soddisfazione nemmeno quando ha chiesto da dove vengono.

La donna ha fatto un sorriso di cortesia, come se non avesse capito la richiesta perché distratta, mentre l'uomo non ha risposto affatto, non l'ha nemmeno guardato, concentrando lo sguardo sul pezzo di carta che tiene in mano.

«Per caso ci volete il latte col caffè o vanno bene lisci?»

È l'unica domanda alla quale ottiene una risposta, ed è un no. I caffè li vogliono normali: caldi, ristretti e subito.

L'oste rientra e si dirige al bancone del bar. La macchina del caffè è spenta da ieri. È fredda. Ci vorrà qualche minuto prima che vada in pressione. Le dita sfiorano il tasto di accensione ma non lo premono. Nella penombra, due mosche si accaniscono contro una finestra, attratte dal cielo bianco che le chiama attraverso il vetro.

L'oste scivola in una minuscola cucina. Sgombra il piano di lavoro, poi guarnisce due piatti con fette di peperoni rossi arrostiti. Da una grossa latta priva di etichetta prende due generose forchettate di tonno sott'olio, le scola e le accompagna ai peperoni. Aggiunge due pomodori secchi pescandoli da un vaso colmo di un olio denso e rosso. Controlla che i piatti siano equilibrati. Uno dei peperoni attrae lo sguardo con sfumature di un bel verde carico. Lo riserverà alla donna. Al momento, però, lascia le portate dove si trovano. Esce sul retro. Un minuscolo balcone di cemento si affaccia, aereo, sul baratro. Cento metri più in basso il mare si agita al rallentatore. L'oste volge la schiena al panorama e si accende una sigaretta. Si appoggia alla ringhiera, ma la sente instabile.

Si volta di nuovo e contempla l'orizzonte. Ma l'orizzonte non c'è. Il cielo si abbassa fino a immergere flaccidi filamenti in mare in un punto né vicino né lontano. Sembra una mano che provi se l'acqua va bene di temperatura o di sale.

La sigaretta consumata a metà vola nell'aria. Nella caduta lascia indietro qualche scintilla. Due gabbiani spuntano dal nulla e si tuffano a controllare. Nel perforare il vuoto, il mozzicone si confonde con la spuma della risacca e ben presto l'oste lo perde di vista.

8

Quando l'oste appoggia in tavola una nuova portata non richiesta, l'uomo non protesta. Non può. Quell'individuo, ridicolo e ignorante, unto e male assemblato nel cervello come nel corpo, non rappresenta il problema più urgente che gli tocca affrontare in questo momento.

Non dedica nemmeno una rapida occhiata al contenuto del piatto, che gli appare come una macchia rossa, sfocata sullo sfondo.

Vorrebbe quantomeno farglielo portare via, ma non può.

In primo piano, perfettamente a fuoco, c'è lo scontrino che tiene dispiegato in mano, un rettangolo senza consistenza e reso ancor più flaccido dall'umidità.

Hanno avuto non più di tre o quattro minuti d'intimità prima che l'oste tornasse, e durante tutto quel tempo lui non ha fatto altro che leggere e rileggere le scritte sulla carta, senza dire nulla. Ha avuto l'occasione per spiegarsi, o perlomeno avrebbe potuto cominciare, ma l'ha persa cercando vanamente l'ispirazione per un incipit. Ha imparato a memoria l'intestazione con la partita Iva e preso atto dell'importo.

La data è quella del giorno in corso e l'orario impresso parla di un momento che si potrebbe considerare ancora quasi presente. Infine, si è concentrato sul codice fiscale. L'ha letto e riletto, scomposto nella mente e ricomposto a logica. Consonanti del cognome, tre lettere per il nome, anno di nascita, poi una B, chissà perché una B? Poi ancora la data di nascita, poi una lettera, un numero e una F per chiudere. Chissà perché una F?

Invece di pensare a cosa dire, manda a memoria dentro di sé quella serie di numeri e lettere come se fosse una filastrocca, e intanto arrotola e srotola lo scontrino, riducendolo a un cilindretto sottile e turgido, ormai quasi del tutto illeggibile.

Durante tutto questo tempo lei non ha fatto altro che guardarlo, aspettando che si decidesse a dire qualche cosa.

Ora che l'urgenza di esprimersi deve trasformarsi in suoni e parole, l'oste è tornato e ha posato sul tavolo quei due piatti. Ci sarebbe da alzarsi e rovesciare tutto, come in un film western. Immagina il tavolo che si inclina e i piatti che volano in aria. Può sentire persino il rumore sgradevole dell'impatto delle stoviglie contro il brutto battuto di cemento e può prevedere la dimensione della chiazza di unto, che rimarrebbe per chissà quanto tempo. Sente per un attimo di aver accumulato l'adrenalina necessaria, potrebbe farlo, ma si trattiene. Non gli manca né aggressività né coraggio. L'oste sembra un cialtrone, una nullità capace solo di creare fastidio, ma chi lo sa? Pesa sicuramente più di lui, è anche più alto, e in cucina potrebbe persino tenere un'arma. E poi ha le chiavi della sua auto. Che errore avergliele consegnate!

Tuttavia, prima e sopra questi argomenti ce n'è uno che li mette in riga tutti: non può dirottare verso l'oste nemmeno un centesimo della propria attenzione. Se badasse alle fraudolente manovre del ristoratore invece che dedicarsi totalmente alla sua compagna, se procrastinasse ancora la spiegazione che le deve, lei si offenderebbe ulteriormente e poi ricucire risulterebbe ancora più difficile e penoso.

Per questo non si sofferma sui piatti, al punto che non saprebbe nemmeno dire che cosa contengano. Per i suoi sensi sono soltanto due dischi bianchi con qualcosa di rosso sopra, una massa colorata sullo sfondo, buona per scattare una foto e postarla su qualche social.

In primo piano ci sono le sue dita che tormentano lo scontrino.

Appena l'oste se ne andrà, dirà qualcosa. Ma che cosa? Se lo sapesse, se avesse deciso, se avesse l'embrione di un'idea, avrebbe già risolto. Ma ogni risposta che prova nella mente gli pare ridicola, poco credibile, insostenibile. Sarebbe lui il primo a riconoscere la falsità nella propria voce.

Sopra le dita, sopra la carta lucida, vede gli occhi di lei che non lo lasciano. Allora le lancia un segnale. La guarda e le fa segno di sì con la testa, e ripete il gesto senza soluzione di continuità. Vuole che lei capisca che ha compreso qual è il problema, che lo sa bene, e che appena l'oste se ne andrà potranno parlarne. Le sta chiedendo di avere ancora un po' di pazienza. Forse le sta anche dicendo che lei ha ragione e che è pronto a scusarsi.

Si rende conto che l'oste potrebbe equivocare e interpretare quel continuo annuire come un'approvazione incondizionata alle sue iniziative, ma non smette. È importante che lei capisca.

L'oste sistema meglio i piatti di fronte a entrambi e aggiunge qualche parola di presentazione. Dice che naturalmente sono prodotti del suo orto e non appena li assaggeranno si renderanno conto di non aver mai gustato nulla di così saporito. Se ne vorranno ancora, non avranno che da chiedere.

La donna lo guarda, gli rivolge un mezzo sorriso ed estrae la forchetta dalla busta.

L'uomo invece solleva la testa e la guarda inorridito. Se dà corda a quel pazzo si ritroveranno serviti di primo, secondo e dessert. Tuttavia non è in condizione di protestare, non con quello scontrino in mano, e cerca di contenere anche l'intensità dell'occhiata che le lancia.

Forse però lei ha ragione: se cominciano a mangiare, forse l'oste si toglierà di mezzo.

«Mi siederei con voi» dice invece quello, lasciando intendere con il tono della voce che purtroppo non ha tempo e deve tornare in cucina.

«Ci mancherebbe» risponde lui.

«Tre volte sono già venuti.»

Alza tre dita per rinforzare il concetto.

Manca il soggetto, manca il contesto, impossibile capire di chi stia parlando.

«La prima volta era estate.»

Evidentemente sta per raccontare qualcosa che, immagina, raccoglierà approvazione o, quantomeno, solidarietà.

Loro non sanno e non vogliono sapere.

«C'erano qui i miei cognati con i bambini, che sono ancora piccoli. Avevamo organizzato una grigliata di pesce solo per noi in famiglia. C'erano anche degli amici che avevano pure loro altri due bambini. In tutto erano cinque o sei... tutti piccoli, tutti che andavano all'asilo o che facevano già la prima o la seconda, non so. Maschi... femminucce, non ricordo. Adesso che torna mia moglie poi ve lo dice meglio lei, io le età dei bambini non le indovino mai. Be', grazie al cielo che quei bambini stavano qui perché quei cinque angeli ci hanno salvati.»

Se vuole essere un colpo di scena, con i due ospiti non funziona. Nessuno dei due mostra di trovarsi sotto l'effetto di qualche emozione.

«Io mica lo sapevo... Quelli non possono toccare i bambini. Possono chiederti di portarli via, ma non possono prenderli in braccio, per dire, e spostarli. Non possono proprio toccarli. E siccome noi li abbiamo tenuti vicino a noi e ci siamo rifiutati di andarcene, sono andati a demolire a casa di qualcun altro!»

Il racconto potrebbe essere interessante se sul tavolo ci fossero due tazzine di caffè, ma non ci sono.

«Sono stati lì un po', hanno fatto telefonate e alla fine sono andati via: loro, i carabinieri, i loro pezzi di carta, gli operai e la pala meccanica. Pensate che avevano già tirato giù dal camion la ruspa; si sono fermati proprio qui davanti e sulla litoranea non si passava più.»

Nessuno gli chiede spiegazioni.

«Tre volte sono venuti.»

Di nuovo tre dita alzate per sottolineare il numero.

L'uomo gli fa il verso alzando la mano e facendo a sua volta un tre con le dita. Spera che la sua compagna gli sorrida di sponda, ma lei gli nega l'appoggio.

«Ma possono? Ditemi voi. Mettetevi al posto mio: avete un lavoro onesto, un'attività avviata, non date fastidio a nessuno, e questi vi fanno l'ordinanza di demolizione per la baracca? Ma su da voi si fanno queste cose? Abusivo poi... Abusivo che cosa, che qui otto case su dieci sono abusive? Se noi si aspetta i permessi si fa in tempo a morire. Persino gli ospedali sono abusivi qui. Anzi, fossero abusivi almeno ci sarebbero, invece niente.

«Sono tornati l'anno scorso di nuovo con il bulldozer e per fortuna che sapevamo già come comportarci: la prima volta è stato un caso che ci fossero i bambini qui. E meno male! Invece la seconda volta ho chiamato di corsa mio cognato che ha sempre i bambini a casa, ché non li hanno presi alla scuola materna del paese, in quanto sono stati esclusi dalla graduatoria nonostante l'Isee, ma evidentemente non hanno votato chi dovevano votare, comunque aveva i figli a casa e in quindici minuti è arrivato qui in tempo per fermarli.

«L'ultima volta» l'oste ridacchia mentre racconta, «è venuto l'ufficiale del comune da solo, senza operai e senza la pala meccanica, ché tanto lo sapeva già come andava a finire.»

Nessuno commenta ed è meglio così. Se dicessero come la pensano, l'oste si accorgerebbe che esiste un confine e che i suoi ospiti vivono dall'altra parte, vestono la divisa di un altro colore e probabilmente farebbero il tifo per la ruspa. La donna, in particolare, non nasconde di essere infastidita da quella richiesta di complicità, lei che non segnala mai con i fari i posti di blocco della polizia agli altri automobilisti e impedisce al suo compagno di farlo.

«Vabbè, andiamo a fare i caffè» dice l'oste. Controlla che il cesto del pane sia ancora rifornito, poi fa un passo indietro e sparisce all'interno. L'uomo lascia andare il fiato.

«Questo è fuori.»

Lei non risponde. Con la punta della forchetta sposta il tonno per liberare i peperoni.

«Cosa vuoi che ti dica?» fa lui, aprendo finalmente il discorso.

«Non lo so, cosa mi dici?»

Lui fa ancora di sì con la testa. È un modo per dire "hai ragione tu", qualunque piega prenda il discorso.

«Per esempio, dimmi cosa ti è saltato in testa» suggerisce lei. Nella voce di lei o lontani nel cielo, a lui sembra di sentire dei tuoni.

«Guarda, è davvero semplice: non mi è saltato niente in testa. Niente, non lo so. Credimi. Mi sono sbagliato e basta. Scusami.»

È tutta qui la sua difesa.

9

Lo sfioratore fa parte del corpo di una diga. È posto a un livello più basso rispetto alla murata di contenimento ed è concepito come regolatore della capacità del bacino: quando il lago artificiale si riempie, il livello dell'acqua raggiunge lo sfioratore che si comporta come una valvola, semplicemente lasciando che l'acqua lo scavalchi.

Il livello dell'acqua sale, sale, sembra non arrivare mai al colmo, e anche quando lo raggiunge indugia, arretra, si ferma e assaggia il terreno.

Poi un rivolo ce la fa e supera il filo di cemento ben levigato.

Un altro scroscio e, poco dopo, è un velo che ricopre lo sfioratore per tutta la larghezza, e diventa presto una cascata che precipita verso valle. È il punto di non ritorno.

Per la donna, il piacere è una sensazione progressiva, ma c'è un momento, nel tragitto verso il colmo, che può paragonare soltanto al superamento di quel piccolo scalino. Quando prova quella sensazione, sa che il piacere, quello grande, quello che la scuoterà e la rivolterà, sta scavalcando l'ostacolo e non scapperà più. Da questo momento, ciò che era una superficie increspata diventa un mare con grossi flutti, arriva la tempesta.

Lui ha assunto un ritmo regolare. Lei pensa che potrebbe anche smettere di accarezzarsi ma sa anche che, continuando, potrà governare ancor meglio il piacere.

Le dispiace non vederlo in questo momento, non vedere il suo viso, ma è un desiderio puramente accademico. Se anche l'avesse di fronte, tra pochi istanti chiuderebbe gli occhi e non esisterebbe più nulla.

Si accorge di gemere. No, non è un gemito, è quasi un urlo. Piega la testa di lato, una guancia affondata nel cuscino. Con le dita della mano sinistra si tormenta la pelle vicino alla bocca. La destra sta attendendo al suo compito con ingorda regolarità.

Non si ricordava che fosse così bello in quella posizione. Pensa che dovrebbero farlo più spesso così. È l'ultimo pensiero lucido che attraversa la sua mente. Da questo momento il controllo passa a una parte di lei che non è del tutto lei, e forse non è nemmeno un controllo. Quando raggiunge e oltrepassa la linea di esplosione, richiama la mano. Tende entrambe le braccia per sollevare il busto. Il capo abbandonato alla gravità. La sua schiena si piega per offrirsi a lui ancora di più.

Lui cosa sta facendo? Non lo sa, è ancora in lei, ma non lo sente quasi. Vorrebbe che affondasse ancora e allo stesso tempo non lo vorrebbe più.

Appoggia il viso sul cuscino e allarga le braccia. Per non urlare morde la federa. Prova l'istinto di piegarsi, irrigidirsi, ruotare, girarsi, scappare, urlare, volare, graffiare, rannicchiarsi, distendersi, allungare i piedi, e tutto questo nello stesso momento, ma non fa nulla perché non vuole perdere il contatto.

In questi secondi potrebbe accadere qualsiasi cosa e lei non se ne accorgerebbe. C'è stata una volta, forse un paio d'anni prima, in cui sono caduti entrambi dal divano sul tappeto e lei se n'è resa conto soltanto a posteriori, quando ha allungato il braccio verso il comodino e il comodino non c'era. Hanno riso insieme per minuti, giorni e settimane. Ne ridono ancora quando lui rievoca l'episodio per prenderla in giro.

La tempesta si allontana, come una bufera che ha rovesciato un gozzo sulla spiaggia e scappa a flagellare lidi diversi.

Ora che sembra tutto finito, le gambe cominciano a tremare. Dalla vita in giù, il corpo è percorso da una vibrazione che si attenua pian piano, proprio come i tuoni che si rincorrono dietro la collina, sempre più distanti.

Il desiderio non si estingue mai del tutto, si ritira, a volte si ricarica. In quella fase di quiete, lei si concentra sugli ultimi movimenti di lui, lo aspetta con la mente sgombra. Pochi secondi o pochi minuti, non ci vuole molto, poi lui d'abitudine si avvicina per farsi aiutare.

Lei gli offre il piacere con le mani o con le labbra.

È un momento di grande tenerezza. In quell'istante lui le appartiene, tutto ciò che accadrà sarà lei ad averlo provocato. È un regalo che si fanno reciprocamente.

Alcune volte lui fa da solo.

Questa volta, però, sta accadendo qualcosa di diverso dal solito. Lui non si muove, è come pietrificato.

Dopo qualche istante si scosta, ma non si avvicina a pretendere nulla.

È là dietro, seduto sui talloni. Anzi, scende dal letto e con le dita dei piedi cerca di rovesciare le pantofole.

Sono arrivati insieme? Sembra proprio di sì, lo capisce anche dal respiro lungo di lui.

C'è qualcosa che non va.

È ancora confusa per pensare, ma è abbastanza lucida per sentire, e sente che qualcosa sta scivolando lungo la sua coscia.

Allunga una mano. Controlla.

Non riesce a crederci. Cos'ha fatto?

È impazzito?

Ma perché?

10

«C'eri quella volta, no?»

In un'occasione diversa, lui le indirizzerebbe una smorfia di insofferenza, ma ora si trattiene. Aspetta, mostrando una pazienza che non ha, che lei gli fornisca qualche informazione per capire a quale circostanza si riferisca. Se lei s'immagina che lui dica di sì sulla fiducia, soltanto perché deve farsi perdonare, sbaglia. Di quale volta parla?

«Quando la dottoressa ha detto che non posso prendere la pillola, c'eri, no? E forse hai sentito anche quando diceva che il ginecologo precedente, quello che me l'ha prescritta per anni, doveva essere un criminale... Hai sentito anche questo, no? Eri lì con me, no? Lo ha detto? Io lo ricordo come fosse oggi. E se non posso prendere nemmeno quella a bassissimo dosaggio, figurati questa qua del giorno dopo che è una bomba di ormoni!»

Sì, si ricorda. Naturalmente la dottoressa non

aveva affatto definito «criminale» il collega, ma il senso era quello. Non rammenta altri dettagli, ma se fosse chiamato a testimoniare davanti a un giudice confermerebbe. Problemi di densità del seno, noduli...

Non aveva chiesto lui di essere presente, ma quel giorno l'auto di lei era bloccata in officina per il tagliando; lui si era preso qualche ora libera per andare in palestra, ma poi aveva rinunciato e così l'aveva accompagnata.

Al termine della visita, la dottoressa si era affacciata nella sala d'aspetto affollata di donne di tutte le età e l'aveva invitato a raggiungerle nello studio. Lui non se l'aspettava e aveva indugiato qualche secondo di troppo, cosicché la dottoressa aveva attraversato la stanza ed era andata a prenderlo al suo posto, invitandolo con un sorriso e trascinandolo con una mano. Un approccio da sala da ballo che è rimasto scolpito nella sua memoria. Fortunatamente, una volta nello studio, aveva constatato che la visita era terminata: la sua compagna era già rivestita e seduta su una delle due poltroncine di fronte alla scrivania. Fu in quell'occasione che la dottoressa consigliò loro di prendere in considerazione metodi anticoncezionali alternativi.

«Hai letto le controindicazioni? È come le altre?» domanda lui. Non è un tentativo di cambiare argomento, però vuole provare a passare al capitolo successivo: dalla deplorazione alla costruzione.

«Come le altre? Magari! È cento volte le altre! È un farmaco d'emergenza. E non è nemmeno così affidabile!»

«Forse sarebbe stato meglio telefonare prima alla dottoressa...»

«Per dirle cosa? Che per evitare gravidanze usiamo il coito interrotto? E che non lo interrompiamo neanche? Glielo dici tu? Io mi vergogno a dirglielo, mi vergogno!»

Lui si permette un gesto che esprime dubbio. «Però funziona. Cioè, è da più di un anno che funziona, no?»

La donna lo osserva come se fosse un grumo di polvere e lei stesse passando l'aspirapolvere.

Tutto il rancore che ha accumulato nel corso di quelle ore si è solidificato nello stomaco e preme per uscire. Nemmeno lei immaginava di essere così adirata.

Tuttavia, entrambi preferiscono evitare il discorso sugli anticoncezionali. Dovrebbero utilizzare quantomeno il profilattico, se lo sono detti molte volte, ma nessuno dei due lo vuole veramente. Rischiano, sanno di rischiare, ma stanno attenti. Lui è sempre stato attento. Fino alla sera prima.

Lei biascica qualcosa a denti stretti.

«Non ho capito.»

«Ho detto che non le voglio nemmeno conoscere le controindicazioni!»

Lui annuisce. Lei è violenta e irragionevole come una tempesta. Le nubi si sono accumulate per tutta la mattina e adesso scrosciano i rovesci. Fulmini e tuoni.

«Poi, proprio in questi giorni! Un periodo più sbagliato non c'era.»

«Non li so i giorni io!»

«A maggior ragione se non li sai! Chiedi! Parla! Li so io! Alzi la manina e chiedi. Posso? E io ti dico no! Cazzo! No! Oggi proprio no! No!»

Ogni argomento a difesa può essere usato contro di lui. Lo sa e dovrebbe tacere. Risponde a ogni affermazione, ribatte e prova a confutare, non tanto per creare benevolenza o comprensione, ma per cercare di calmarla. Tuttavia non è ancora il momento, bisogna che prima si sfoghi.

Il cellulare lancia due accordi di pianoforte e sul display appare la testa calva di Lucchini ingegner Elvio. Lui prende il telefono, lo sblocca e rifiuta la chiamata.

«Quindi?» dice lei.

«Lo richiamerò lunedì, quando saremo tornati a casa.»

«No, quindi? Non dici nulla?»

«Cosa devo fare? Chiederti scusa? Te l'ho già detto: scusa, hai ragione.»

«No, delle scuse non me ne faccio niente, voglio sapere cosa ti è passato per la testa! Volevi concludere dentro? Bene, piace anche a me, ma quante volte l'abbiamo fatto? Diverse, no? Ma te l'ho sempre detto io quando era sicuro. Mi hai forse sentita dire che potevi farlo, ieri?»

«No.»

«E allora?»

«Allora non lo so.»

«Cristo santo! Preferirei che mi dicessi che vuoi un figlio e che questo ti sembrava il modo migliore per farmelo sapere. Mi sarei incazzata lo stesso ma almeno avrebbe un senso.»

«E se fosse?»

«Se fosse cosa?»

«Se volessimo un figlio?»

«Ma stai dicendo sul serio? E con chi ne hai parlato? Con mia madre? Con la tua? Siete tutti d'accordo? Avete votato?»

Dopo una breve pausa la donna riprende: «Non ne abbiamo quasi mai discusso, non ne parliamo da mesi e mesi e una sera decidi tutto da solo? Eppure poi lo sai che a novembre inizio alla Gantex per sostituire una maternità. E che faccio? Mi presento incinta? Sai che non fa nemmeno ridere? Sono anni che faccio di tutto per essere presa in quell'azienda. Accetto di entrare dalla porta di servizio pur di mettere un piede in quel posto. E sì che lo sai quanto ci tengo, visto che me l'hai procurata tu la sostituzione.»

Lui non risponde. La sua capacità di assorbire è buona ma non illimitata.

«E poi, scusa, se tu volessi un figlio, come dici, perché mi avresti accompagnata in farmacia stamattina alle nove e un minuto? Potevi dirmi: "Aspetta, parliamone." Ti avrei risposto che sei matto, ma almeno avrebbe avuto un senso. Credevi che mi servisse uno sciroppo per la tosse? Almeno non prendermi in giro!»

«Mi dispiace.»

«Tanto se deve venire un tumore al seno o alle ovaie a qualcuno, viene a me.»

Questa volta sul telefono arriva un messaggio. Lui non guarda nemmeno il cellulare. Poi cambia idea, lo afferra e lo gira con lo schermo rivolto verso il basso. Spera che venga interpretato come un segno di rispetto.

«Quindi?» insiste lei.

L'uomo guarda verso l'ingresso della locanda. Si domanda se l'oste ha sentito tutto, come molto probabilmente è accaduto, e si chiede anche perché non venga a raccontare ancora un po' dei fatti suoi o a portare qualche altro piatto.

II

Un autocarro che forse un tempo è stato rosso si ferma davanti all'entrata della veranda, utilizzandola come cassa di risonanza per lo stridio acuto dei freni e le ripetute vibrazioni della carrozzeria, ridotta a tocchi di vernice scrostata. Tutta la struttura si agita e sussulta mentre il motore si spegne in una non breve agonia.

Quel poco di panorama visibile, costituito dalle rocce coperte di polvere e ingabbiate nella rete metallica di contenimento, è scomparso. Ora, nella cornice grigia della veranda si staglia una portiera con una maniglia di foggia antica, ancora parzialmente cromata.

Il mezzo, abbandonato dove l'uomo aveva lasciato la sua auto poco prima, invade metà carreggiata. C'è poco traffico, ma al primo incrociarsi di veicoli ci sarà da ridere.

L'autista smonta, passa davanti al muso del camion, poi attraversa la veranda squadrando la coppia seduta al tavolo. Sembra stupito di trovare qualcuno. Mentre muove i pochi passi necessari per compiere il tragitto, osserva i due come se poi dovesse riferire al proprietario. Probabilmente vuole avere qualcosa da dire, l'incipit di un argomento qualsiasi da affogare in un bicchiere di vino.

La donna non lo guarda, l'uomo invece sostiene l'occhiata del camionista e lo accompagna fino a quando questi sparisce all'interno. Dal passo e dalla disinvoltura con la quale si muove appare per quello che è: un avventore abituale, forse quotidiano, una presenza costante in quello squallido locale.

Quando l'uomo abbassa gli occhi sul piatto della compagna, si accorge con disappunto che è vuoto. Rimane soltanto l'impronta unta dei peperoni. Deve averli divorati mentre gli faceva la tirata, perché lui non se n'è accorto.

Lei tace da qualche minuto ormai. Ha espulso la rabbia che covava dalla sera precedente, perlomeno il bolo più indigesto. Forse riprenderà ancora l'argomento, forse no. Dipende. La conosce. Sa che si sta ancora chiedendo il perché. Si chiede sempre il perché di tutto. Quindi forse insisterà per conoscere il motivo per cui lui ha fatto quello che ha fatto. Spera di no.

La vacanza non ha ancora toccato l'apogeo e, prima di invertire la rotta e tornare a nord, passeranno ancora due giorni. Non riesce a immaginare come potranno essere vissuti, in quello stato di tensione. Sarà già abbastanza spiacevole il viaggio di ritorno: più di mille chilometri in un'unica tappa ma, se non altro, poi saranno di nuovo in città.

Il camionista sta già tornando indietro. Non si è fermato nemmeno il tempo di prendere un caffè, considerati soprattutto i tempi per ottenerne uno. Più probabilmente ha tracannato un bicchiere di vino bianco, visto che fa così caldo. Magari anche due. Ritorna al suo mezzo scortato dall'oste, che lo tiene per un gomito mentre gli parla. Passando, nessuno dei due guarda la coppia in attesa.

I due uomini parlottano fitto sul ciglio della strada, ma non si capisce cosa stiano dicendo, forse si scambiano frasi in dialetto.

Infine, l'autista sparisce dietro la cabina, e mentre l'oste ritorna sotto la veranda si sente il raschiare asmatico del motorino di avviamento.

L'oste ritira i piatti, quello vuoto e quello pieno.

Improvvisamente l'uomo ha un pensiero, e lo traduce in azione e parole prima ancora di decidere se sia una buona idea o meno.

«Si può avere una polenta con la fontina?»

Sì, è una buona idea. Ottima. Se ne rende conto ancor prima di finire di porre la domanda.

La sua compagna lo guarda improvvisamente interessata, come se la mattina cominciasse in quel momento. È il primo sguardo che gli rivolge oggi in cui ci sia più ammirazione che disprezzo. Le labbra le si piegano in una smorfia. Si è resa conto che si tratta di una provocazione. Non è certo quella la latitudine e non è quello il luogo in cui si possa ordinare la polenta, per non parlare della fontina e soprattutto della stagione.

L'idea la diverte ma la preoccupa anche. Vedere l'oste in difficoltà le procura una maligna soddisfazione, pensa che se lo sia meritato, ma non vuole assistere a una discussione tra lui e il suo compagno: il divario di risorse dialettiche è troppo ampio e lui non è capace di contenersi. Sarebbe meglio alzarsi e andarsene. Per dar seguito ai pensieri sposta indietro la sedia.

L'oste rimane per qualche istante interdetto.

Capisce e non capisce. Non è certo che si tratti di una battuta. L'istinto del commerciante e il timore di perdere un affare soverchiano la paura di diventare vittima di una presa in giro. Prende tempo mentre esplora la dispensa con gli occhi della mente.

«Posso fare un piatto di pasta. Ci metto cinque minuti.»

«No, grazie, se non c'è la polenta ci porti il conto, per favore.»

«Due spaghetti allo scoglio o con una salsa di pomodoro, basilico fresco e...»

Prova a insistere, ma la richiesta della polenta

gli ha inferto un duro colpo. Si rende conto che la sua misera artiglieria sta sparando a salve.

L'uomo disprezza l'oste perché non sa incassare, non sa perdere. Non è corretto. La sua richiesta di polenta, invece, è stata un'ottima idea. Si sente come il pugile che mette a segno un diretto e vede l'avversario saltellare per il ring con le idee confuse.

Se fosse ragionevole e dotato di un minimo di sportività, il ristoratore non dovrebbe controbattere con l'offerta di un banale piatto di pasta. Dovrebbe sorridere, fare segno di sì con il testone per ammettere di aver capito di essere stato battuto, e arrendersi. Dopodiché dovrebbe tornare con i caffè.

Se fosse un uomo.

Ma non lo è. È una persona piccola, banale. Fino a quel momento è stato persino vagamente ammirevole nella sua assoluta scorrettezza. Ora che ha incassato un duro colpo, dovrebbe aver capito che non c'è gara e che è il momento di smetterla.

«No, niente pasta, sono celiaco, siamo celiaci tutti e due e non possiamo mangiare il glutine.»

È falso, naturalmente, le fette di pane che mancano dal cestino lo testimoniano, ma proprio perché palesemente falso, risulta più divertente.

L'oste annuisce. Sa bene che l'altro sta confondendo le acque, ma non sa come ribattere.

Non gli è piaciuto quello scambio. Non saprebbe spiegare perché, ma si rende conto di essere stato messo all'angolo. Evidentemente la discussione di cui ha colto qualche scampolo poco prima, quando la donna ha redarguito il marito per qualcosa che non ha capito, deve avergli dato anche la sveglia.

Ritorna in cucina, posa i piatti sporchi, va nel salone e accende la macchina del caffè.

12

«Lunedì c'è il rogito» dice a un tratto lei.

È come se dicesse che Natale è il 25 dicembre. Il tono è quello perché quella è la data, fissata da settimane.

Forse, se potessero vedere il mare e indovinare l'arcipelago dietro la foschia, a lei non verrebbe da pensare a lunedì. Se la giornata fosse iniziata diversamente e la serata non fosse stata quella che è stata, forse parlerebbero d'altro. Se ci fosse il sole, si terrebbero la mano sul tavolo o sotto il tavolo e ringrazierebbero di trovarsi all'ombra. Forse sarebbero in viaggio, forse sarebbero già arrivati alla tappa successiva. Invece sono seduti in una fornace di cemento, ostaggi di un esercente che si comporta da truffatore seriale.

Discutere di lunedì, di rogito e di notaio li allontana dalla vacanza, ma è un passo che li tiene comunque uniti, perché è della loro nuova casa che stanno parlando.

Lui non risponde, non commenta. È strano che non dica nulla. Allora lo guarda.

Sta scuotendo la testa, fissando il portacenere sul tavolo.

«Cosa c'è?»

«Lunedì.»

«Cosa?»

«Lunedì no.»

«Cosa no?»

«Il notaio. Non è lunedì.»

«Sì che è lunedì.»

«No, non più.»

Le sta dicendo che Natale non è più il 25 dicembre. Una cosa impossibile.

I piedi di metallo della sedia che viene spinta lontano dal tavolo protestano più forte e in modo più acuto di quanto potrebbe fare lei. L'informazione che lui le sta fornendo è in contrasto con quella incollata nella sua mente e registrata sul calendario del telefono.

«Non ho capito.»

«Lunedì non si può.»

«È lunedì. Ore quindici.»

Prende il telefono per controllare. Ma non serve: è lunedì.

«Il notaio l'ha spostato. Lunedì non può.»

Lei continua a cercare conferme nella memoria del telefono.

«E chi l'ha detto? Ha chiamato te?»

Il tono è neutro. Prima di esplodere vuole accertarsi che non si tratti di uno scherzo o di un errore. Se possibile, vorrebbe anche contenersi. E poi non ha più adrenalina a disposizione, l'ha esaurita pochi minuti prima. Quella che sta montando è rabbia impotente e disarmata, la migliore per produrre lacrime.

«Ha chiamato la segretaria e mi ha chiesto se per noi andrebbe bene martedì 6.»

«Il 6? Ma il 6 è già passato! Quindi tra un mese?»

Scuote la testa per dire che è assurdo, inaccettabile e impossibile.

L'uomo si stringe nelle spalle.

«Non sono io che lo dico.»

Sente le lacrime spingere dietro gli occhi. Non sa se è per via della delusione o per l'indifferenza ostentata da lui.

«Cosa dovevo dirle? Cosa cambia? Tanto il notaio prima non poteva.»

«Ma è la seconda volta!» sbotta.

«Lo so e non so cosa dire.»

«Un altro mese! Non ci credo! Rimanda di nuovo di un mese!»

«Non cambia molto. Dobbiamo solo avere un po' di pazienza.»

«Non cambia molto? Come fai a dire che non cambia molto? Cambia tutto! Cambia che c'è un mese di differenza! Che cominceremo a fare i lavori un mese dopo. Che magari nel frattempo la banca ci ripensa e non ci concede più il mutuo. Cambia che l'elettricista ha rimandato altri lavori e si è tenuto libero per noi a partire da giovedì prossimo e dovremo dirgli che non se ne fa più nulla. Cambia per i muratori che devono rifare il bagno. Il piastrellista è da riprogrammare. Cambia per il nostro padrone di casa, che magari si è impegnato con qualcun altro. E tutti questi... E con tutti questi mi sono già dovuta scusare una volta! Cazzo c'entra la pazienza? Cambia tutto, cambia! Ma tu da quando lo sai?»

L'uomo fa segno di sì con la testa, per farle capire che sì, sa tutto, e che è un alleato, non un avversario.

«E ti han detto perché? Cos'ha da fare questa volta?»

«Figurati se me l'hanno detto!»

«No, perché i notai sono liberi di prendere un impegno e poi di spostarlo a piacere? Ma di un mese, poi? Possibile? Ma tu gli hai detto qualcosa? Gli hai chiesto perché così tanto tempo? Un mese è impensabile. Cosa fa? Parte per le vacanze? Ma ce l'ha con noi?»

«Per essere onesti, l'altra volta siamo stati noi a chiedere di rimandare. Avevo un impegno io fuori città, ricordi?»

Lei preferisce non ricordare. Hanno già vissuto quel momento alcune settimane prima, quando hanno dovuto fermare tutti i preparativi a soli tre giorni dall'atto e chiedere una proroga al padrone di casa.

«Cambiamo notaio.»

«Hanno tutto loro, il compromesso... Hanno già fatto le ricerche, le pratiche, l'atto è pronto, come facciamo a cambiare? Un altro notaio impiegherebbe lo stesso tempo per preparare da capo tutto.»

«E cosa aspettavi a dirmelo?»

«Immaginavo che ti saresti inquietata e te l'avrei detto domenica tornando a casa.»

«Inquietata? No, sono furiosa! Mi incazzo ogni minuto di più, man mano che mi vengono in mente tutti i programmi che ho fatto, gli incastri... Tutto da rifare. Da quando lo sai?»

«Il giorno che siamo partiti.»

Lei capisce che se non le ha detto niente è stato soltanto per permetterle di vivere una vacanza serena, ma questo non placa la sua collera. Ha lavorato duramente per incastrare i lavori dei fornitori e sa quanto poco affidabili siano idraulici e muratori.

Dovrà avvertirli uno per uno e dovrà farlo subito, se non vuole passare a sua volta per una cliente poco affidabile. Rimandare per la seconda volta l'inizio dei lavori autorizzerà ciascun artigiano a interpretare l'impegno a proprio vantaggio. Con quale autorità potrà far valere eventuali ritardi se lei è la prima a non rispettare le date stabilite?

Piega le spalle, è stanca. L'afa non aiuta. Si sente la pelle umida e appiccicosa. Sente le ascelle addirittura bagnate. Vorrebbe fare una doccia. Vorrebbe essere a casa.

«Magari si può trattare. Forse una settimana prima...»

L'uomo scuote la testa. «La persona con cui ho parlato si è scusata mille volte, ha detto che si immagina il disagio. Si è scusata a nome del notaio, e comunque dice che il 6 è l'unica data, altrimenti mi sembra che abbia proposto anche la settimana dopo, il 13. Prima no. Ho insistito, non credere...»

«Dovrò richiamarli tutti» dice rivolgendosi alle proprie scarpe.

Lui non annuisce. Non dice nulla.

Lei prende il telefono in mano, ma poi lo riappoggia sul tavolo. «Adesso non ne ho proprio voglia. Più tardi. Ora vorrei il caffè. Senza il caffè potrei davvero morire.»

«Se esce da quella porta senza caffè gli metto le mani addosso» promette lui.

Lei immagina che potrebbe farlo davvero. Da quando si conoscono non lo ha mai visto minacciare nessuno né, tantomeno, venire alle mani, ma sa da sua madre che ai tempi del liceo era una specie di teppista: un bullo a scuola, un bullo fuori. Suo padre aveva dovuto pagare la parcella di un dentista dopo una rissa che, a quanto era risultato, era stata innescata proprio da lui. Ancora minorenne, aveva subito un procedimento penale. Ne era uscito assolto dal giudice, ma anche ammonito. Crescendo si era calmato, e gli ultimi due anni di liceo erano stati completati senza sospensioni, e soprattutto senza verbali dei carabinieri.

«Chiamerò dopo» dice, «quello da avvertire con urgenza è l'idraulico. Gli telefonerò dalla macchina. Quello se non lo sa con settimane di anticipo non... Per carità, non voglio nemmeno pensarci. Sarà il primo che chiamerò, sperando che non sia già impegnato per il mese prossimo.»

L'uomo ha ripreso il proprio smartphone; controlla se per caso ora c'è una rete wi-fi, ma no, non c'è. Nessuna connessione se non quella telefonica. Ascolta quello che dice la compagna, ma non ha nulla da aggiungere: l'organizzazione dei fornitori è tutta sua.

Sul vassoio con il quale l'oste si ripresenta al tavolo ci sono due piattini, ciascuno dei quali ospita alcuni cubetti ricavati da quella che dev'essere stata una brioche. Ogni frammento è guarnito con un po' di confettura. Ce ne sono di due o tre colori. È un dessert improvvisato, peraltro non richiesto, come tutto il resto. La brioche è certamente una di quelle surgelate, che si cuociono la mattina e che restano esposte tutto il giorno sul bancone del bar, a volte anche il giorno successivo.

Sul vassoio, però, ci sono anche i caffè.

13

Forse lui ha mormorato qualcosa, ma cosa?

Se non fosse stata totalmente invasa dalle sensazioni del proprio corpo si sarebbe subito resa conto di cos'era accaduto. Se l'avessero fatto come lo fanno il più delle volte, guardandosi in viso, avrebbe visto i suoi occhi perdersi, come sempre.

Ma nella posizione solita forse non sarebbe stato così intenso.

Nel rievocare quel momento (il film va costantemente in onda nei suoi pensieri da ieri sera), lo stomaco le si contrae ancora e le fa male. Ora che la delusione provocata dal procrastinarsi della data in cui entreranno nella nuova casa richiederebbe un lenitivo, ecco che invece si presentano le repliche dell'incubo.

Sa che deve smettere di tormentarsi con quella scena, perché potrà soltanto peggiorarle la giornata. Deve considerare che alla fine si è tutto risolto: non rimarrà incinta e le conseguenze della pillola saranno trascurabili. Tuttavia non è con la razionalità che potrà andare oltre; quel momento d'amore, che avrebbe dovuto essere conservato tra i ricordi più belli, è finito nel cassetto degli incubi. È un'archiviazione che non ha deciso consciamente, ma al momento risulta essere quella corretta. Tenere separato il momento del piacere dalla successiva scoperta non le è concesso. È un ricordo scolpito in un unico banco di memoria. È indivisibile e continua a far male.

Ha letto da qualche parte che per mitigare gli effetti di un trauma si può provare a modificare il ricordo di ciò che è accaduto, cambiando lo sfondo. A volte è questione di colori. Si può provare a dipingere diversamente la scena e a illuminarla. I muri della camera possono essere tinti di rosa o di albicocca, la luce della lampada da lettura che illumina fiocamente la testata del letto può accendersi con la tonalità dorata del sole al tramonto. Può aggiungere, se la trova nel repertorio della sua memoria e se riesce a riprodurla, una colonna sonora vivace, anche se in quel momento l'unica musica è quella prodotta dai loro respiri e dagli scricchiolii del letto.

Ha sperimentato questa tecnica già una volta, per mitigare il senso di angoscia che l'aveva invasa quando l'avevano convocata in direzione per licenziarla. Non c'è un modo giusto per lasciarsi e non c'è un modo semplice per dire a qualcuno che deve trovarsi un altro lavoro. Così, gliel'avevano detto e basta, ancor prima che si fosse sistemata sulla sedia che le avevano offerto.

Era il suo primo impiego. Era riuscita a trovare un'occupazione coerente con la laurea in Scienze politiche. Nell'agenzia di pubbliche relazioni era addetta alle rassegne stampa, una mansione più che dignitosa per una giovane neolaureata. Era brava, precisa, sempre presente, anche oltre l'orario concordato. Lavorare duramente non le pesava perché il lavoro l'appassionava.

Ma dopo un anno, quella convocazione.

Era inverno, una giornata fredda, secca e corta. Nell'ufficio del capo era accesa soltanto una lampada da tavolo e il consulente del lavoro, che preferiva starsene in piedi, aveva il volto quasi in ombra.

No, non aveva sbagliato nulla. No, nessuno si era lamentato di lei. No, non era questione di ritardi o chissà che cosa. Non le rimproveravano nulla. Semplicemente, il servizio di rassegna stampa per i clienti era stato affidato a un service esterno e lei non era ancora sufficientemente accreditata presso i media per affidarle dei clienti da seguire.

Il consulente del lavoro, che quel giorno era presente per assistere la direzione in quella spiacevole vicenda, aveva detto qualche buona e inutile parola di circostanza e incoraggiamento, poi aveva aggiunto che sarebbero state gradite le sue dimissioni. O meglio, se avesse rassegnato le dimissioni anziché essere licenziata le avrebbero corrisposto un assegno da duemila euro come buonuscita.

Lei era rimasta in silenzio, ragionando sulla triste assonanza tra la sua attività di rassegna stampa, il rassegnare le dimissioni e la propria rassegnazione. Sotto shock per la notizia appresa senza che nei giorni precedenti una parola, uno sguardo o un pettegolezzo avessero potuto metterla sull'avviso, i suoi pensieri erano andati in loop: rassegnare, rassegna, rassegnata. Rassegnare, rassegna, rassegnata, e non aveva saputo fornire una risposta, non era riuscita a porre domande, a protestare, a pretendere tempo.

Il momento si era protratto a lungo, in un silenzio imbarazzante. Il titolare dell'agenzia, che fino a poco prima aveva ignorato le vibrazioni del telefono, aveva iniziato a scorrere il registro delle chiamate. Il consulente, dopo averle ripetuto l'offerta e avendo ottenuto una proroga del silenzio, le aveva consegnato la lettera di licenziamento pregandola di firmare per ricevuta. L'uomo aveva sospirato, immaginando già il ricorso ai sindacati, la richiesta di risarcimento, la solita trattativa.

Rassegnare, rassegna, rassegnata; non era riuscita a fermare i pensieri e a firmare.

Ma ciononostante non aveva procurato noie a nessuno.

Troppo inesperta per trattare con clienti e giornalisti, era anche troppo orgogliosa per intentare una causa. Aveva rinunciato a ogni lite. Nondimeno, si era ritrovata troppo depressa per aspettare una nuova occasione per lavorare nelle PR e aveva accettato di occuparsi di paghe presso una ditta commerciale, la stessa presso cui è impiegata oggi.

Nei primi giorni dopo quell'evento, il dolore e l'angoscia le avevano impedito persino di dormire, poi aveva letto un post in rete su come dimenticare un episodio che fa soffrire e aveva provato ad applicare la tecnica suggerita.

Nella sua mente, aveva illuminato l'ufficio del capo, aveva cambiato l'ora del giorno, aveva spalancato la finestra per far entrare aria calda, aveva applicato una maschera da Candy Candy sul volto del consulente, aveva aggiunto una colonna sonora piacevole e aveva provato a rivedere il remake del suo film. Non aveva funzionato. Trovarsi senza lavoro è drammatico, essere allontanati dal lavoro che si ama è tragico.

Aveva allora riferito l'episodio del suo licenziamento improvviso a una persona, poi a un'altra, poi a tutti quelli che si dimostravano disposti ad ascoltarla. Si era accorta che, una volta raccontati, i fatti rimangono gli stessi, ma le emozioni cambiano: una volta uscite dalla sfera intima perdono potenza, diventano banali, sembra quasi appartengano ad altri, e le cicatrici che lasciano sono trascurabili, cancellabili con un velo di make-up.

Purtroppo oggi non può applicare questa tecnica. Ciò che ha fatto il suo uomo non è raccontabile; la mancanza di rispetto, ancora meno.

Tuttavia, ora che ci ha ripensato in modo distaccato, ora che gli ha sibilato addosso la sua rabbia, si sente un po' meglio. Riesce a respirare più profondamente, se non altro.

Il caffè porta via il gusto vagamente acido della marmellata, forse di ribes, che colava sulla pasta unta di uno dei cubetti di croissant.

È un caffè forte, non lungo, non ristretto, giusto. Lo prende sempre amaro e si domanda come lui possa berlo dopo averlo reso una poltiglia densa con tre cucchiaini di zucchero colmi.

Sono fermi da poco più di mezz'ora eppure sembra un giorno intero. Quando tra poco ripartiranno, si sentiranno diversi da com'erano quando si sono fermati. Sono successe molte cose: la litigata, il chiarimento, il nuovo problema del rogito, l'oste impossibile...

Lei immagina che si sentiranno più uniti ora che hanno parlato, adesso che il grumo è stato sputato. Forse non subito, ma entro qualche ora si ritroveranno più vicini persino di quando sono partiti da casa, pochi giorni fa, o di quanto siano da alcune settimane.

È un periodo strano. È un'età strana, la loro. Non hanno più trent'anni e non ne hanno ancora quaranta. Devono fare attenzione a non allontanarsi l'una dall'altro, presi ciascuno dalla propria vita.

Quando le capita di parlare del loro rapporto con qualcuno dice che va tutto benissimo, ma mentre lo afferma pensa che non sia esatto: se dovesse definire sinceramente la loro coppia in questo periodo, la raffigurerebbe come una linea ferroviaria di campagna; loro sono le due rotaie, molto vicine ma sempre parallele e destinate a incontrarsi soltanto all'orizzonte. E anche quell'appuntamento si rivela un'illusione perché, man mano che sembra avvicinarsi, l'incontro si sposta in avanti e il contatto non avviene mai.

Lei sta per lasciare un contratto a tempo indeterminato per lanciarsi nell'alea di una sostituzione di maternità, accettando una retribuzione inferiore senza nessuna garanzia di essere assunta al termine del periodo a tempo determinato. Ma il nuovo lavoro è esattamente quello che vuole. Ha l'occasione per rientrare nelle pubbliche relazioni e di farlo dall'entrata principale, poiché si tratta di lavorare per l'agenzia più importante della città e probabilmente del paese.

È sicura di farcela: si farà apprezzare. Dovrà concedere tutta se stessa a quel lavoro, perché avrà a disposizione soltanto qualche mese per farsi conoscere, diventare irrinunciabile e insostituibile.

Lui è giunto a una svolta della sua carriera. Ha dovuto cambiare i propri ritmi, prendere delle decisioni strategiche, dedicando al lavoro ampi spazi della vita privata, togliendoli a quella di coppia, ma è il momento di accelerare, non c'è scelta.

In tutto questo, c'è anche la nuova casa, con una serie infinita di adempimenti, preparativi e trattative per qualsiasi cosa: per l'acquisto, per la commissione dell'agenzia immobiliare, per il mutuo, per i mobili nuovi, per lasciare il vecchio alloggio, per recuperare la caparra, per tutti gli artigiani che saranno impegnati nella ristrutturazione dell'appartamento.

Anche la vacanza è stata oggetto di trattative. Prima decisa, poi prenotata e infine messa in discussione dagli impegni di lui, apparentemente inconciliabili con i giorni di assenza dal lavoro.

Lui le ha fatto capire di non essere nelle condizioni di spirito per partecipare, le ha proposto di rimandare, perché totalmente assorbito dai progetti professionali che si stanno avviando, da alleanze e aperture di nuove imprese. Ma lei ha insistito e i suoi argomenti hanno vinto: se non trascorreranno questi giorni insieme adesso, quando riusciranno a farlo?

Lui ha finito di mescolare il caffè. Non ha sfiorato nemmeno con gli occhi i bocconcini dolci preparati dall'oste. Sorseggia la bevanda e lei lo osserva. Sembra soddisfatto.

È bello il suo uomo, anche se si è tagliato la barba che gli stava bene. Così sembra un ragazzo. Le rughe che partono dall'angolo dell'occhio si irradiano verso l'orecchio, e lei le segue. Le percorre con gli occhi e talvolta con le labbra fin dove incontrano i capelli, che mostrano qualche filo grigio. Bacia spesso quelle basette, e da quelle passa al lobo dell'orecchio e dall'orecchio al collo. Da questo, solitamente, passano in camera da letto.

Appiccicato sotto il piattino del caffè di lui, spunta un pezzo di carta. Incuriosita, la donna lo sfila, lo dispiega e lo guarda.

È un foglietto strappato da un bloc-notes di piccolo formato, a quadretti.

Lui la sta osservando e la interroga con gli occhi.

Lei non dice nulla, non muta espressione, e dopo un istante di esitazione glielo passa.

14

Lui si raddrizza sulla sedia per leggere. Assume una postura perfino un po' rigida, come se fosse entrata in classe la maestra. Ha impiegato qualche secondo per interpretare i numeri scarabocchiati sul pezzo di carta, ma adesso gli è tutto chiaro.

Rilegge il biglietto, muovendo senza volere le labbra. Sorride con gli occhi qualche istante prima di prorompere in una sonora risata.

«Ci ha fatto pure lo sconto!» annuncia.

Lei lo guarda senza capire. Prima di passargli il foglietto ha letto il totale, e l'unica cosa che ha capito è che sarà un problema. Si è indignata, ma non si è presa la briga di verificare la somma. Vuole gustare il proprio caffè in pace, senza pensare ad altro, almeno per un minuto. E poi è lui quello che controlla tutti i conti. A lei dà persino un po' fastidio, ma deve ammettere che spesso lui ha ragione.

«Guarda! Ha fatto la somma e poi ha arrotondato il totale a nostro favore!»

«Vorrei anche vedere...» dice lei.

«Dunque: due coperti... giusto, siamo in due, tre più tre euro, niente da dire, in certi locali in centro sono anche più cari. Antipasti misti con specialità locali: sedici euro a testa che fa trentadue... per quei due peperoni di merda... Poi pane, che evidentemente qui non fa parte del coperto, quattro euro; acqua tre euro, che magari era quella del rubinetto imbottigliata; due *desert*, con una *esse* sola, da... senti senti... otto euro ciascuno, che fanno sedici; e finalmente i nostri due caffè, l'unica cosa che abbiamo ordinato, altri sei euro. Tra l'altro il caffè non era male. Totale sessantasette euro, ma l'ha arrotondato a sessanta. Ha proprio tirato una riga sul sessantasette e ha scritto sotto sessanta. Come nelle televendite: compri un divano e ti inviamo in omaggio la poltrona con alzapiedi elettrico! Generoso a toglierci sette euro, no? Deve aver tenuto conto della mia delusione per via della polenta.»

La donna non riesce a commentare. Non ne ha voglia. Ha la sensazione che i dispiaceri della giornata non siano ancora finiti. È stanca. Vorrebbe andare via.

Il caffè l'ha finalmente bevuto. Non era male ma non le ha portato nessun benessere. E come avrebbe potuto? Con tutto lo stress per quello che è successo, per la faccenda del rogito, per l'oste noioso come una mosca e adesso per il conto.

Lui la guarda, come se aspettasse una domanda, un'indicazione o un ordine.

Da lei non arriva nulla, se non uno sguardo stanco.

«La colpa è mia» ammette lui, «se non gli avessi consegnato le chiavi della macchina adesso non ci troveremmo in questa situazione. Ce ne saremmo già andati da un pezzo.»

Lei annuisce. Non sta confermando che sia colpa sua; sta dicendo che vorrebbe essere già via da un pezzo. Lui capisce.

«Che facciamo?» domanda lei.

«Vediamo se torna fuori.»

«E poi? Quando torna?»

«Improvviseremo. E come minimo ci facciamo ridare le chiavi.»

Lei è d'accordo, ovviamente, e non ha idee. L'oste ha già dato prova di essere sordo a tutte le richieste alle quali non ha intenzione di dare seguito. Forse si è fatto consegnare le chiavi dell'auto proprio per avere potere su di loro. Forse è una procedura collaudata e si comporta allo stesso modo con tutti gli avventori di passaggio. In tal caso non le restituirà così facilmente. Inoltre, chissà quante volte si sarà trovato in questa situazione, con uno o più ostaggi. Senz'altro è in vantaggio. Si domanda se il suo compagno sia giunto alle stesse conclusioni.

«Non abbiamo le chiavi di scorta, vero?» domanda lui, conoscendo già la risposta.

Lei scuote la testa, ma ispeziona ugualmente la borsa. Perché dovrebbero esserci le chiavi di scorta della macchina se lei non le ha prese? Però verificare non costa nulla.

Sposta oggetti ed esplora i numerosi anfratti della borsa, prima con gli occhi, poi con le mani. Tutti gli oggetti che incontra le restituiscono una risposta familiare, ma non trova ciò che cerca. Non ci sono nemmeno le chiavi di casa. Le ha prese lui; perché portare anche il suo mazzo per quei pochi giorni di vacanza, con il rischio di perderlo?

Lui non aspetta una risposta. Del resto, avere o non avere un altro mazzo di chiavi non cambierebbe nulla: non ha intenzione di scappare. La scorrettezza dell'oste lo irrita, ma la sfida è stimolante.

«A cosa stai pensando?» domanda lei.

«Niente, sto aspettando.»

«E quando torna che gli diciamo?»

«Non lo so. Ma col cazzo che mi faccio rapinare sessanta euro.»

La suoneria del telefono la fa sobbalzare. Guarda il display e si sente improvvisamente defraudata delle poche energie superstiti.

Lui la guarda con un punto interrogativo negli occhi.

Lei dice qualcosa che lui non capisce, poi prende il telefono e risponde.

«Buongiorno!» La voce è serena ma l'espressione tradisce tensione. «No, siamo ancora via, rientriamo domenica sera... No... No, non si preoccupi. No, guardi, l'avrei chiamata io tra pochi minuti per avvertirla che c'è stato un cambio di programma... Sì, per lunedì. Esatto. Esatto... Esatto, sì, ma lunedì no... Sì, sì, era lunedì, certo, ma... Sì che lo so, non me lo dica, lo so, ma mi lasci spiegare. No, non è cambiato niente, tranne la data. Come le dicevo, stavo per chiamarla. Il fatto è che ci hanno appena spostato l'atto dal notaio e quindi non possiamo entrare in casa lunedì... Eh... vuole che non lo sappia? Il problema è proprio che non ci danno le chiavi prima del rogito... Non so cosa dirle, è da quando abbiamo iniziato le trattative che gli chiediamo il favore di anticiparci le chiavi per iniziare a fare i lavori, ma non c'è verso. Ce le consegneranno soltanto al pagamento, quindi dopo l'atto dal notaio... Sì, lo so. Non so esattamente quando. Non conosciamo ancora la nuova data, forse già la settimana che viene.» Sta mentendo e vuole che il suo compagno ne sia ben consapevole, visto che lo sta facendo anche per lui. Per questo ne cerca gli occhi mentre parla. «Lo so e mi scuso.»

L'oste appare sulla porta e si avvicina. Ha sempre avuto la camicia fuori dai calzoni o nel frattempo è stato in bagno? La donna guarda il compagno, nota che tiene le mani in tasca, ostenta sicurezza. Le fa piacere. Lei invece si trova in una posizione di estrema debolezza. Essere al telefono in questo momento è come venire sorpresa nella doccia: non può uscire dalla cabina con i vetri opacizzati, non può partecipare. Si sente nuda. Vorrebbe ascoltare quello che si dicono i due uomini, eventualmente dire la sua, rendersi utile, ma non può interrompere quella telefonata. Si agita sulla sedia, sperando che la conversazione finisca al più presto.

Sente la voce del compagno. È calmo, questo lo percepisce. L'oste non sembra contento, ma l'elettricista che le sta parlando appare ancora meno accomodante. Lei sa perché si sta allarmando. Ha appena scoperto, ed è successo per puro caso, che lunedì non dovrà aprire il cantiere nel loro appartamento. Si aspettava, come minimo, di essere avvertito, visto che mancano pochi giorni. Probabilmente sta pensando a come si sarebbe sentito se non avesse chiamato la cliente e lunedì si fosse recato all'appartamento con attrezzatura, materiale e apprendista trovandolo chiuso.

È impossibile non comprenderlo ed è difficile risultare ancora credibili. Odia trovarsi in situazioni simili. La prima volta, se non altro, ha fatto in tempo ad avvertire tutti.

Il suo compagno ride in faccia all'oste, gli dice qualcosa che ha a che fare con l'Iva, è evidente che non si tratta di una risata spontanea. Di cosa stanno parlando? Che piega sta prendendo la conversazione?

Dall'altra parte, la temperatura del tono dell'elettricista è crollata. Tra tutti i fornitori è, o era, quello che le sembrava più affidabile. Infatti l'ha chiamata per chiederle se lunedì sarebbe potuto arrivare già alle sette invece che alle nove come da accordi. Voleva provare a completare l'impianto in tre giorni.

«Appena saprò esattamente quando sarà fissato il rogito la chiamo e riorganizziamo» riesce a dire.

Intanto l'oste sta tornando dentro. Di una cosa è sicura: non è stato pagato, non ha visto passare nemmeno un euro per il momento, anzi, il suo compagno ha ancora le mani affondate nelle tasche dei pantaloni. Cosa si è persa, allora? Spera che la situazione si sia risolta e non sia invece peggiorata. Non ha visto nemmeno spuntare le chiavi.

«Certo, la capisco» è costretta a ripetere all'elettricista. «Lo so e spero che riusciremo di nuovo a incastrare tutto. Le ripeto: l'ho saputo da pochi minuti, altrimenti l'avrei chiamata io. Appena ho una data sicura, la richiamo e organizziamo.» Non riesce più a dissimulare la premura e non le importa che l'elettricista la percepisca. Vuole chiudere quella telefonata, faticosa e intempestiva.

A un tratto ha un'idea.

«Posso darle un acconto? Tanto sul preventivo siamo d'accordo. Magari la settimana prossima le verso un acconto, non so, il venti per cento se per lei va bene, così rendiamo la cosa blindata e siamo più tranquilli. Che dice?... No, no, non sarebbe un problema, tanto prima o poi glieli devo dare, no?» Il sorriso che riesce a ritrovare nella voce è sincero. «La richiamo io lunedì, così mi dà le coordinate... Allora la ringrazio molto e mi scusi ancora... Sì, grazie. Di nuovo scusi, grazie e buona giornata a lei.»

Lascia cadere il telefono nella borsa. È pallida e ha sete. Berrebbe un bicchiere d'acqua ma non lo ordinerà certo all'oste.

«Cosa vi siete detti?» domanda all'uomo.

«Gli ho chiesto lo scontrino fiscale.»

«Lo scontrino?»

Lo guarda e cerca di capire quale strategia ci possa essere dietro la richiesta dello scontrino, a parte un'evidente intenzione di indisporre ulteriormente l'altro.

«E sai che cos'ha risposto? L'hai sentito?»

«No.»

«Che lo fa, ma che così *purtroppo* è costretto ad aggiungere l'Iva!» comunica quasi ridendo.

«Cioè? Quei sessanta euro erano pure senza Iva?» chiede lei. Poi si ricorda dell'aspetto più importante: «E le chiavi?»

Dal brusco mutamento dell'espressione di lui, capisce che a tutto ha pensato tranne che a pretendere le chiavi dell'auto indietro. È tipico del suo uomo: ha avuto l'idea dello scontrino e gli è piaciuta così tanto che ha cancellato ogni altra priorità.

«Gliele chiedo quando torna con lo scontrino, o magari ci arriva da solo.»

«Magari no» pronostica lei.

15

L'oste ritorna quasi subito.

Non ha nuovi piatti in mano. Si ferma vicino al tavolo e porge una ricevuta scarabocchiata su un blocchetto di prestampati autocopianti.

L'uomo la controlla.

«Ricevuta fiscale numero due» legge a beneficio della compagna. «Non siamo i primi clienti del mese» osserva divertito.

L'oste non dice nulla. Per lui è come se i due ospiti fossero stranieri che si esprimono in una lingua sconosciuta, così diversa da quella locale che è inutile tentare di capirla. Ormai si è spezzato il sordido legame che unisce prevaricatore e vittime. Quei due si sono sottratti al gioco e si sono autoesclusi. Sono ormai fuori per sempre dal suo mondo.

«Non capisco che aliquota Iva abbia applicato, ma il totale è salito a sessantotto e cinquanta.»

Lei non ribatte, non sa cosa dire, vorrebbe soltanto andarsene via. Le scappa, ma ha già deciso che, piuttosto che servirsi del gabinetto di quel locale, se la farà addosso.

L'oste aspetta.

«Bene» dice lui. «Ha il bancomat? Il Pos?»

L'espressione dell'oste non cambia mentre risponde di no.

«Ah! Allora pago con la carta di credito. Si può?»

«No.»

«Allora è un problema, perché non ho tutti quei soldi nel portafoglio.»

Quello riprende la ricevuta e la rilegge, come se non ricordasse cos'ha scritto.

Non mostra più nessun tratto del ristoratore un po' furbo e un po' disonesto, non ha nulla di pittoresco, appare come un omuncolo vorace, un po' stolto e patetico. Calore e affabilità sono scomparsi. Ora veste gli abiti dell'avversario, dell'uomo in competizione con un altro uomo.

«Se non si hanno i contanti e si vuole pagare con una carta, si chiede prima.»

Lo dice bene, lo fa apparire come un rimprovero. Vuole umiliare il cliente e sa di poterlo fare, perché ritiene di avere usi, consuetudini, regolamenti e persino le leggi dalla sua parte.

«Ha perfettamente ragione» ammette l'uomo senza fatica, «ma io i soldi li avevo.»

Tira fuori la mano dalla tasca e posa una manciata di monete sul tavolino.

L'oste non resiste alla tentazione di contarle con gli occhi.

«Io ho ordinato due caffè. I soldi ci sono.»

Non aggiunge altro. Sa di averlo messo nuovamente in difficoltà e si gode il momento.

Rimane il problema dell'automobile.

L'oste non ha una cultura dei tempi scenici. Non finge nemmeno per un attimo di pensare a una soluzione alternativa. «Quindi?» domanda subito.

L'uomo pensa che la scorrettezza dell'avversario sia senza limiti. Non riesce a rispettare nemmeno le semplici regole che sottendono a una discussione. Non avendo argomenti, gli ha ripassato la palla, sperando che la sua vittima si decida una buona volta a mettersi nei panni del soccombente e la smetta di creare difficoltà. Se l'oste si trovasse al posto del generale Custer al Little Bighorn, circondato e sopraffatto, chiederebbe ai Sioux e ai loro alleati di arrendersi e trovare una soluzione.

L'uomo finge di pensare a come si può risolvere la vertenza, poi avanza una proposta.

«Potremmo fare così: lei ci viene incontro e ci fa uno sconto, anche perché noi non abbiamo ordinato niente di quello che ci ha servito, esclusi i caffè naturalmente, e infatti io le altre cose che ha portato non le ho toccate.»

L'oste sposta immediatamente lo sguardo sulla donna, come per ricordare e sottolineare che lei invece ha mangiato. Anche questa è una mossa inelegante, e il disprezzo che l'uomo prova verso di lui raggiunge nuove vette.

Lei invece si sente in colpa. Se avesse immaginato un epilogo simile non avrebbe toccato cibo, invece ha consumato gli antipasti. L'ansia le mette appetito e ha la fortuna di non ingrassare. Non ancora, perlomeno.

«Lei ci fa un po' di sconto e noi la paghiamo con i contanti che abbiamo in macchina. Se mi ridà le chiavi li vado a prendere.»

Avrebbe forse fatto meglio a dire: «Mi dia le chiavi», ma ormai le parole sono uscite così.

Guarda l'oste. Gli ha ripassato la palla ed è curioso di sapere che cosa ne farà. È praticamente costretto ad accettare, anche se è incapace di riconoscere una sconfitta. Nel suo corredo genetico mancano onore e dignità. L'aspetto di quella veranda avrebbe dovuto metterli in guardia. Fermarsi è stato un errore. Hanno pensato a una tettoia lasciata volutamente "minimal" perché potesse apparire genuina e caratteristica. Invece è esattamente quello che sembra: l'anticamera di una bettola squallida gestita in modo negligente da un essere schifoso.

L'oste fa qualche calcolo. Si sta chiedendo cosa significhi praticare uno sconto. A quanta parte del guadagno che già sentiva in tasca deve rinunciare? Essere sconfitto in una schermaglia da quell'ospite di passaggio non lo disturba. Probabilmente si riterrà vincitore in ogni caso, e in un certo senso ha ragione. Il fatturato di quella mattina salirà grazie ai trucchi e alla meschinità. Alcune volte va meglio, oggi va così.

Inutile fare conti lì sul posto; ruota su se stesso e ritorna all'interno.

La tensione, finalmente, si scioglie.

La donna è ammirata: l'idea del bancomat e poi quella dei soldi custoditi in auto sono state geniali. In realtà, lei ha ottanta euro nel portafoglio e sa per certo che lui ne ha almeno altrettanti.

La buona notizia è che tra pochi minuti se ne andranno. Si accorge di aver tenuto i muscoli delle cosce contratti per tutto il tempo. Le fanno quasi male, ma ora si può rilassare.

«Di che sconto stiamo parlando?» domanda lei.

«Non lo so e non me ne frega niente. In ogni caso, più di venti o trenta euro non glieli do.»

Lei è d'accordo. Sentirglielo dire, però, alimenta la sua ansia, perché teme che l'oste difficilmente si accontenterà. Del resto, se gli riconoscessero più di quella cifra, poi si sentirebbero loro a disagio, patirebbero il tormento che si prova quando si viene derubati, truffati o quando si subisce un torto.

Lui appare rilassato. Prende il telefono e lo consulta. Ancora una volta constata che non c'è connessione internet.

«Ogni tanto l'icona del segnale appare, ma quando provi a navigare non vai da nessuna parte» dice.

«Sarà una rete tarocca» ribatte lei.

Lui risponde con un sorriso, ma non la sfiora con una carezza. Un tempo lo faceva. Quando lei diceva qualcosa di divertente, lui si avvicinava e la baciava. «Fammi sentire il sapore di queste labbra spiritose» le sussurrava mentre appoggiava la bocca sulla sua per un breve bacio.

Quando ha smesso di essere così?

Adesso si sta invece domandando se sia il caso di chiedere all'oste di tirare fuori la macchina da dove l'ha parcheggiata, ma non vuole strafare. Gli basta rientrare in possesso delle chiavi. Spera di non essere costretto a fare una manovra troppo complicata.

Anche lei ha il telefono in mano, ma non le interessa navigare. Sta pensando di inviare un messaggio ai fornitori per cominciare ad avvertirli. Se comunica subito l'essenziale con un messaggio, potrà permettersi di chiamarli con un minimo di calma, più tardi o anche domani, quando avrà smaltito le troppe emozioni della giornata. Vuole prevenire altre telefonate imbarazzanti come quella appena ricevuta dall'elettricista.

Apre l'applicazione della messaggistica sms e

pensa a cosa scrivere. Una volta ottenuto un testo soddisfacente per un fornitore, potrà utilizzarlo con minime varianti per gli altri.

Prima, però, vuole scrivere all'elettricista per scusarsi ancora e confermare che lo avviserà appena avrà notizie.

«E adesso?» domanda l'uomo.

Lei alza la testa dallo schermo del telefono, non capisce.

«Doveva soltanto prendere le chiavi e portarcele. Ci vuole così tanto?»

Un vago senso di allarme torna a impossessarsi di lei. Di nuovo non vede l'ora di essere in auto, pur nella calura di quella mattinata, pure su quella strada assassina tutta curve, buche e rocce e con il vago conforto di un mare grigiastro, immobile.

«Non è che se li sta cercando da sé i nostri soldi?» butta lì la donna mentre scrive una bozza di messaggio. Si pente subito di aver evocato una simile immagine, ma lui non pare turbato dalla prospettiva. Però poco dopo si aggrappa ai braccioli della sedia e si alza.

«Vado a vedere» dice, e in un attimo si è già avviato verso la locanda.

Lei ci tiene a tranquillizzarlo. «Guarda che scherzavo.»

Lui alza una mano e fa un segno, come a dire: lo so, tranquilla.

16

Quando il pensiero di compiere una determinata azione si accompagna a un senso di stress e al verbo "dovere", lei sa che quell'attività dev'essere affrontata con la massima priorità rispetto alle altre. Applica questa semplice regola mutuata da suo padre ogni volta in cui deve prendere una decisione o affrontare un elenco di incombenze che le mettono ansia: prima ci si occupa delle più difficili e faticose, lasciando quelle semplici e rilassanti per ultime, anche se così si rischia di rinunciarvi perché magari il tempo intanto è scaduto.

Si tratta di una regola di vita che probabilmente affonda le radici in un'educazione cattolica, ma è comunque un principio che ha una logica: meglio riservare le energie più fresche per ciò che si considera più faticoso. Suo padre aveva introdotto la questione una sera, parlandone, come sempre, con suo fratello. Il pretesto era uno scontro avvenuto sul campo da basket. Un avversario si era fatto male a causa di un'entrata dura del ragazzo e questi continuava a rimandare la telefonata con la quale si sarebbe dovuto scusare. Non perché non ritenesse giusto farlo, ma perché, evidentemente, balbettare qualche parola di rammarico era motivo di stress.

Quasi tutti gli insegnamenti erano diretti a suo fratello e arrivavano con una certa puntualità durante la cena. Si rivolgeva al maschio perché, tra i due, era quello che sembrava avere più bisogno di essere indirizzato, ma era palese che molte volte le parole, ancorché dirette a lui, erano coniate per lei. Suo fratello, in quei casi, fungeva esclusivamente da specchio. A lei non si rivolgeva mai direttamente; forse avere a che fare con una figlia femmina lo metteva in soggezione. In compenso, era quella che a tavola aveva il posto più vicino al frigorifero, e a lei erano rivolte tutte le richieste di prendere o posare qualcosa.

Ora, tra restare seduta al tavolo e affrontare l'oste, è certamente più stressante la seconda opzione. Chi sarebbe contento di avere a che fare con un individuo che dimostra di ragionare secondo circuiti logici del tutto alieni rispetto a quelli a cui si è abituati?

Tuttavia, anche se il suo dovere sarebbe quello di andare, e di fatto sarebbe pronta, non lo farà: immagina che il suo compagno preferisca non avere testimoni, soprattutto nel caso in cui dovesse risultare perdente nella trattativa sullo sconto. Gli piace fare il duro, alimentare l'immagine del vincente, e il suo ego ne uscirebbe malconcio se dovesse subire una prevaricazione e lei ne fosse testimone.

È un lato di lui che non ama e che cerca di non vedere. A volte esagera. Come quando ha scelto l'auto, perché alla fine l'ha scelta lui. Ha finto di aprire una discussione, ma fin dal principio era orientato verso una marca e un modello precisi. Lei si sarebbe accontentata di una vettura normale, magari accessoriata, lui invece si è voluto imporre per avere questa macchina che consuma troppo, costa troppo in tutto, è troppo ingombrante e ha una linea decisamente troppo aggressiva. Se esiste un'auto da guerra, è la loro. Per di più l'ha voluta nera.

C'è un ulteriore motivo per cui rimane incollata alla sedia, ed è la stanchezza. Non ha quasi dormito la notte passata. È di pessimo umore e ha appena ricevuto una telefonata di cui avrebbe fatto volentieri a meno.

Prende da un astuccio gli auricolari e li posiziona nelle orecchie seguendo le indicazioni serigrafate: L e R.

Sceglie la stessa playlist che ascoltava in auto e la avvia.

«Buongiorno. Mi dispiace informarla che lunedì non sarà possibile iniziare i lavori come da accordi, per cause non dipendenti dalla nostra volontà.»

Non le piace. Se fosse lei a ricevere un messaggio di quel tenore, lo interpreterebbe come un piano per fregarla. Il linguaggio quasi legale potrebbe mettere in allarme i fornitori.

«Buongiorno signor... Purtroppo il notaio ha annullato il rogito previsto per lunedì, di conseguenza non possiamo iniziare i lavori. Mi dispiace per il contrattempo. La richiamerò al più presto per...»

Troppo lungo. Dev'essere più diretta. E poi qualcuno potrebbe pensare che, essendo stato annullato il rogito, non si faranno più i lavori. Cancella nuovamente il testo.

Ferma la musica che la distrae e toglie gli auricolari.

Si accorge che non c'è silenzio. Non c'è mai stato vero silenzio da quando si sono fermati in quella locanda. Ora è il persistente rombo di un aereo in volo, ora qualche veicolo che transita lungo la litoranea, ora, e quasi di continuo, il ronzio tedioso di qualche utensile a motore – forse una motosega che lavora sulla montagna sopra di loro –, ora il richiamo di qualche gabbiano. Il mare, molto lontano e molto più in basso, impasta il tutto, appoggiandosi stancamente alla terra per respirare.

In quella bolla di bianca caligine che sembra evocare il silenzio, il silenzio è escluso.

«Buongiorno... Domani la chiamo per comunicazioni riguardanti i lavori a casa...»

No, così rischia di mettere in apprensione e basta.

Cancella.

«Buongiorno, mi spiace ma dobbiamo rimandare l'inizio dei lavori. La chiamo domani per riprogrammare. Scusi per l'inconveniente.»

Nemmeno questo è perfetto, ma se non altro funziona. Con quel «dobbiamo rimandare» vuole essere coinvolgente. Io committente e tu fornitore siamo *noi*, siamo dalla stessa parte. Comunicare che chiamerà domani dovrebbe risultare rassicurante. Riprogrammare, poi, significa che i lavori comunque si faranno.

Spedisce senza rileggere per evitare di cambiare idea.

Si può finalmente rilassare?

Non del tutto. Si rilasserà quando sarà seduta in auto, nel fresco dell'aria condizionata e con il navigatore che fornirà loro le indicazioni. Basta stress per quel giorno. Però deve andare in bagno.

A fermarla è il pensiero di come può presentarsi la toilette di quel locale. Si immagina una turca maleodorante, buia e con i muri neri di muffa.

Quanto tempo è passato da quando lui è entrato? Cinque minuti? Sei? Forse di più. Il tempo di scrivere i messaggi, copiarli, incollarli, scegliere gli indirizzi dalla rubrica. Da quando ha spedito l'ultimo dev'essere trascorso qualche altro minuto. A volte le capita di non saper misurare il tempo, soprattutto se è stanca e se si trova in un luogo diverso da quelli abituali. Nel complesso, possono essere passati dieci, al massimo dodici minuti. Comunque tanto, troppo. O i due sono diventati grandi amici o ci sono problemi.

Non si sente nessuna voce provenire dall'interno. In un certo senso è un bene: non stanno litigando. Esiste però anche la possibilità che il locale sia più ampio e profondo di quanto appaia dall'esterno.

Si alza, ma invece di avvicinarsi all'entrata si dirige verso la strada. Guarda la stretta porzione di cielo racchiusa tra la montagna e la veranda. È di un bianco quasi accecante. La parete di roccia è aggettante, non se n'era accorta. Non potrebbe mai vivere in un posto con migliaia di tonnellate di granito sospese sulla testa. Un motivo in più per andarsene alla svelta. Un brivido la percorre.

Si volta. In un istante si ritrova sulla soglia. Con sorpresa scopre che la tenda per le mosche nasconde una porta. C'è un biglietto, scritto in uno stampatello un po' obliquo. L'indicazione è chiara: APERTO. SPINGERE FORTE. Si adegua: afferra la maniglia e spinge forte.

17

Un odore persistente di fritto l'aspetta dietro la porta. Sta lì, sospeso a mezz'aria come una ragnatela che si attacca al volto e ai capelli sulla soglia di una caverna. Se la donna si fermerà per più di qualche minuto, ne risulteranno impregnati anche i vestiti.

Gli odori sono sempre i segnali più potenti. Un'immagine può anche essere estremamente sgradevole, risultare ripugnante e inguardabile, ma sarà sempre più probabile vomitare a causa di un odore.

Con i suoni è la stessa cosa: è vero che una melodia o una canzone possono riportare a galla dalle profondità della memoria emozioni nascoste o sopite per trasformarle in lacrime, ma un aroma antico, specie se proviene dall'infanzia, è ancora più potente. Non fa piangere, ma trascina indietro con violenza, strappa, e per qualche istante crea l'illusione di potersi trovare in quel luogo, in quel giorno lontano. Può essere il profumo di qualcuno che si incrocia, il fieno messo a seccare su assi di legno stagionato, la mistura chimica nella quale sono imbevuti certi pennarelli che si usavano a scuola. O altri aromi, diversi, secondo la propria personale galleria delle nostalgie.

L'odore di fritto non evoca alcun ricordo alla donna. Se si blocca appena varcata la soglia è perché non è sicura di ciò che vede.

Forse l'interno non è così tanto buio, ma per lei, assuefatta alla luce ottusa e prepotente di quella mattina, il contrasto è totale. Avanza con cautela perché è sufficientemente certa che non vi sia nulla davanti a lei, ma preferisce aspettare e abituarsi. Comunque i due uomini non ci sono. Se fossero presenti li vedrebbe o li percepirebbe, perché il locale è piccolo, esattamente come immaginava. Tuttavia, la dimensione è l'unico pronostico che ha indovinato. Man mano che recupera la vista, si rende conto dei particolari. Le pareti non sono in nudo cemento come all'esterno, bensì rivestite con una perlinatura bruna che arriva fino al soffitto, peraltro piuttosto basso. Una scelta, quella rustica boiserie, che forse premierebbe una sala da pranzo in un rifugio sulle Alpi, ma che risulta quantomeno strana lì, a quella latitudine. In questo contesto, la richiesta della polenta assume un significato meno assurdo.

Ora vede bene. Ci sono quattro tavoli quadrati, con un corredo di sedie assortite, mal distribuite e decisamente non allineate o fuori posto. Due sono addirittura rovesciate a terra e – adesso ci vede benissimo – sul pavimento ci sono anche dei cocci bianchi, mischiati con schegge di vetro.

Cos'è successo?

Sente un brivido freddo. È il suo modo di somatizzare uno stato di allarme.

Nessuno dei tavoli è apparecchiato. Su quello più vicino c'è un portacenere in bilico, gli altri sono tutti caduti. Non dovrebbe essercene nemmeno uno, ma evidentemente quel locale è zona franca rispetto alla legge che vieta il fumo negli esercizi pubblici. Alle pareti in compensato sono appese delle cornici a giorno di grande formato. Non contengono disegni o dipinti di marine o barche di pescatori, come ci si potrebbe aspettare, ma fotografie a colori, e il soggetto è sempre il calcio. I giocatori protagonisti vestono una divisa rossa con una striscia obliqua gialla. Gli altri, ora azzurri, ora verdi, ora bianchi, spesso immortalati a terra, o in precario equilibrio dopo essere stati superati con un dribbling dai rossi, sono evidentemente gli avversari.

Due delle cornici hanno il vetro spaccato; grosse schegge sono rimaste pinzate nelle graffette, altre sono a terra.

Lungo la parete opposta all'entrata c'è una finestra che affaccia verso il mare. È anche l'unica fonte di luce. La donna immagina che in origine la costruzione fosse un'autorimessa. Probabilmente c'è una villa nascosta sulla montagna e, non essendoci posto per le auto, i proprietari potrebbero aver fatto costruire quella pensilina di cemento, rubando metri quadrati al panorama.

Che la finestra sia dalla parte del mare è nella natura delle cose: anche il più sprovveduto geometra, anche l'essere più indifferente alla natura, persino un cieco, avrebbe progettato un'apertura verso il mare, per goderne vista, profumo e musica.

Probabilmente il mare è subito laggiù. Anzi, con ogni probabilità è proprio sotto i piedi. Forse, a partire dalla porta o appena oltre, tutto il locale si trova nella parte sospesa sul nulla. Rabbrividisce e cerca di non pensarci. La sensazione è la stessa che prova quando le capita di camminare sulle grate di metallo che si incontrano su certi marciapiedi, soprattutto nei pressi dei condomini più nuovi, quelli con due o tre piani di garage interrati. Sottili griglie che si aprono su abissi.

Vicino alla finestra, c'è una parte di locale arredata in modo diverso. Un ambiente a sé: allineate una dietro l'altra, ci sono tre postazioni che imitano certi caffè americani, con i divanetti in finta pelle rossa che si fronteggiano e il tavolo nel mezzo. Lo schienale di un divanetto è anche lo schienale di quello successivo. Su quei tavoli non ci sono portacenere. Forse sono quelli finiti per terra.

Il pavimento è uguale in tutta la sala: un battuto di cemento ricoperto da linoleum verde.

Il bancone del bar è piuttosto vecchio e non ha alcuna pretesa di design. Un rubinetto con tubo ricurvo distribuisce acqua a due lavelli in acciaio. Uno straccetto color sabbia giace strizzato e piegato sul piano del lavandino.

Lo sguardo della donna indugia sul bancone. Si avvicina ma non troppo, per evitare di entrare con le suole delle scarpe in una pozza umida che si sta raccogliendo per terra. Ha origine dal bancone del bar. È un liquido denso, vischioso. La scarsità di luce le impedisce di capire di cosa si tratti, ma l'odore che copre quello di frittura rivela che quello stillicidio potrebbe essere colatura di limoncello. Un'intera bottiglia di liquore è stata rovesciata e sta finendo di raccogliersi sul pavimento.

La macchina del caffè è posta su una mensola lungo la parete dietro il bancone. È incorniciata da una collezione di bottiglie, nessuna del tutto piena, nessuna completamente vuota.

Sente il cuore battere forte, più di quanto vorrebbe. È evidente che è successo qualcosa di grave. Per quanto il gestore possa essere trasandato, quello che ha di fronte non può essere lo stato normale del locale.

In pochi passi, guadagna il centro della sala. Anche dalla nuova posizione non vede nessuno e non sente alcuna voce. Ci sono due porte oltre a quella attraverso la quale è entrata: le viene inevitabile pensare che una conduca alla salvezza e l'altra all'inferno. Sono entrambe accostate, ma non chiuse.

Decide che la porta dell'inferno sia quella che si apre dietro il bancone anche se, con ogni probabilità, dà soltanto accesso alla cucina. Il battente socchiuso lascia intravedere la parte di un piano di lavoro, e si indovinano le curve cromate di un'affettatrice. Dallo spiraglio proviene anche della musica, una radio è accesa a basso volume. Le sembra di sentire una canzone. La conosce, ma non la riconosce. Qual è il titolo?

Per associazione di idee, la musica le rammenta che ha lasciato la sua borsa e il cellulare del suo compagno sul tavolo in veranda. Non è stata prudente. Tuttavia, non torna indietro: in questo momento ritiene più importante ritrovare il suo uomo e scoprire che cosa sia successo.

L'altra porta conduce all'aperto, verso il mare. Probabilmente da quella parte c'è anche un passaggio per giungere alla loro auto. È molto probabile che ci sia un balcone o un terrazzo panoramico. Si dirige verso questa porta perché immagina che i due uomini si trovino lì fuori, magari proprio presso l'auto. Se si trovassero nella piccola cucina sentirebbe le loro voci o qualche rumore, invece filtra soltanto quella musica.

Come le altre, anche l'ultima porta si apre verso l'interno. Tira a sé il leggero battente di legno. La luce, di nuovo violenta, le fa stringere gli occhi. Istintivamente, cerca gli occhiali da sole tra i capelli, ma non li trova. Li ha lasciati in auto. Si limita a farsi scudo con la mano. Tra le dita, a due passi, riconosce il suo compagno. È un sollievo. È in piedi e le dà le spalle. Si trovano su un ballatoio. Potrebbe essere un balcone, se ci fosse una ringhiera di protezione, invece è soltanto una stretta striscia di cemento, corrosa dall'aria di mare. Non crede possibile che oltre l'orlo ci possa essere il nulla. Se così fosse ci sarebbe un parapetto; tuttavia, cos'altro potrebbe mai esserci al di là? Sente salire il panico.

Lui non si volta. Sa di averla dietro le spalle, ma non la incoraggia, non la invita. Rimane voltato verso il mare.

La donna si avvicina a piccoli passi. Si limita a movimenti studiati e prudenti, non alza neppure i piedi, striscia in avanti le suole. Non le occorre arrivare fino al limite per rendersi conto che dove finisce il cemento comincia il nulla.

18

È salita sulla piattaforma una volta, tanti anni prima. Era sera, la piscina era chiusa e il bagnino di conseguenza non c'era. Erano entrati passando attraverso il locale caldaie e si erano subito buttati in acqua. Due ragazzi non si erano nemmeno portati il costume e nuotavano in mutande perdendole continuamente. Era una serata goliardica, una delle tante nel corso dell'ultimo anno di liceo.

I maschi erano stati i primi ad arrampicarsi fin lassù. Dapprima si erano accontentati di tuffarsi dai cinque metri, ma poi i più coraggiosi avevano continuato la scalata fino ai dieci metri. Erano andati su e giù lungo la ripida scaletta per un pezzo, ridendo, spingendosi, sfottendosi l'uno con l'altro, prima che qualcuno trovasse il coraggio di raggiungere il limite della piattaforma e si buttasse. Toccò a uno che non faceva parte del gruppo storico di amici; era soltanto la seconda volta che usciva con loro e probabilmente proprio per questo sentiva la necessità di farsi notare, di dire: ci sono anch'io. Si era spinto fino al limite e aveva guardato giù. Tutti avevano capito che non si trattava di un'esercitazione. Si era fatto silenzio: quel ragazzo si sarebbe tuffato da dieci metri entro pochi secondi. Lo guardavano tutti, e nello specchio d'acqua immediatamente sotto i trampolini si era fatto spazio.

Il giovane non aveva esitato a lungo. Mezzo minuto al massimo, poi si era lasciato andare e dopo alcuni secondi di volo, durante i quali era diventato una macchia indistinta sullo sfondo dei trampolini, aveva bucato l'acqua con i piedi, quasi verticalmente. Nessuna evoluzione, ma anche nessun danno. Era riemerso subito. Gli altri ragazzi non avevano potuto esimersi dall'imitarlo.

Delle ragazze, soltanto due avevano sentito il bisogno di emulare gli amici maschi.

Lei no. Aveva guardato giù e l'acqua le era sembrata a una distanza infinita.

La piscina da quell'altezza appariva piccola, ma soprattutto recuperava la forma di un rettangolo, con i bordi lunghi non più alterati dalla prospettiva. Quella forma, così netta e così ben rispondente alla definizione di francobollo, l'aveva spaventata. Sentiva che non sarebbe sopravvissuta a un salto di quella portata.

Un compagno le si era avvicinato silenziosamente e l'aveva ghermita alle spalle mentre guardava affascinata e inorridita la superficie. Non aveva intenzione di spingerla di sotto, desiderava soltanto spaventarla. Lei era andata oltre: aveva urlato di terrore, si era divincolata e l'aveva anche colpito. Poi si era sottratta alla presa ed era ridiscesa lungo la scaletta, rossa per la rabbia e la vergogna.

Non si era buttata nemmeno dai cinque metri. Alla fine si era tuffata dal trampolino elastico da tre metri, di testa, con un certo stile, ma non l'aveva vista nessuno.

Più tardi, quella stessa sera, aveva flirtato con un compagno che non le interessava ma al quale sapeva di piacere. Aveva fatto in modo di farsi riaccompagnare a casa da lui. L'aveva baciato in auto e si era lasciata toccare. Quando poi lui le aveva preso la mano e se l'era portata sui pantaloni, lei si era irrigidita, aveva scosso la testa e chiesto scusa. Forse aveva anche pianto mentre si scusava ancora mille volte e si precipitava in casa di corsa.

Ora vorrebbe arrivare al confine di quel balcone per guardare giù, ma non ci riesce. Si domanda come faccia il suo uomo a starsene lì, fermo, proprio sull'orlo.

«Vieni via, per favore» gli dice, con la voce che sembra aver conservato solamente i toni acuti.

«Dai, spostati» insiste stringendo i pugni.

Lui la sente sicuramente, visto che si trova a poco più di un metro.

Sulla destra del balcone, una scaletta di ferro manda verso il basso alcuni gradini arrugginiti. Porta a una strana superficie di cemento, sulla quale si nota il tettuccio della loro auto. Si scorge anche parte del cofano, già orientato nella direzione di partenza. A pochi metri, oltre l'angolo della palafitta, si indovina la rampa che sale sulla destra per riguadagnare la strada costiera.

«Vuoi venir via di lì, per favore?»

Sebbene la forma sia interrogativa, il suo è un ordine.

Finalmente lui accusa ricevuta; compie un piccolo passo indietro, ma continua a guardare verso il mare, giù in basso. Ciò che vede lui, a lei è precluso. Dovrebbe mettersi pancia a terra e strisciare per sporgere il viso e guardare in basso.

«Ma cosa c'è lì sotto? Un altro terrazzo, o...?»

L'uomo non risponde ma si volta.

«Ma non c'è una ringhiera? Un parapetto? Qualcosa? Non è mica a norma qui!»

«Sì» dice lui, «c'era.»

Lei non capisce, ma vede che nel cemento, proprio sul bordo, ci sono dei segni equidistanti color ruggine e i monconi sbriciolati di qualcosa che dev'essere stato di ferro. Sono le cicatrici lasciate dagli agganci di quella che deve essere stata una ringhiera.

Si domanda se per andare in bagno dovrà percorrere la scaletta di metallo priva di protezione verso l'esterno. I gradini sono larghi quanto il balcone, almeno sessanta centimetri, e lei potrebbe scendere strisciando lungo la parete sulla sua destra, ma senza una ringhiera anche dalla parte del mare non se la sentirebbe. Il bagno deve trovarsi per forza lì sotto, anche perché all'interno del locale, oltre alla cucina, non c'è nulla.

«Ma come fanno a lavorare qui senza una protezione? Metti che uno perda l'equilibrio, o che un cliente in cerca del bagno esca fuori senza sapere nulla, magari col buio... Quanto sarà alto?»

Lui non risponde. L'incontro con l'oste dev'essere finito male. Meglio non domandargli nulla. Quando se la sentirà, ne parlerà.

Ora che le pupille si sono contratte e si è abituata alla luce, può permettersi uno sguardo verso l'orizzonte, che è molto vicino. Un po' di luce colora il mare di azzurro, ma la foschia è ancora fitta.

A sinistra, il balcone finisce e basta. Nel muro si vede un buco che indica dove doveva trovarsi ancorato, un tempo, il corrimano della ringhiera.

«Questo posto è da demolire. Altro che bambini a fare da scudo» commenta lei, ma siccome non sa dove si trovi l'oste, che quindi potrebbe sentire, lo dice molto piano. Non è sicura che il suo compagno l'abbia udita.

«Hai le chiavi?»

È una domanda che non può evitare. Il bisogno di orinare non è più rimandabile.

Lui scuote la testa e, chissà perché, lei non prova delusione. Forse perché lo immaginava già. Se avesse ottenuto le chiavi, sarebbe tornato subito in veranda, anzi, sarebbero già in viaggio.

Ogni pensiero è messo da parte quando si accorge del graffio. Lui si è voltato un poco e lei ha potuto notarlo: gli deturpa il viso, è una striatura rossa, obliqua e gonfia che gli attraversa la guancia sinistra, dal naso fin sotto l'orecchio. Come se si fosse strisciato un rossetto in faccia.

«Ti sei graffiato!» esclama avvicinandosi per vedere meglio. Sobbalza e si spaventa quando si rende conto che il baratro è a un passo da lei.

Ora che lui si lascia guardare, si accorge che i graffi sono tre, paralleli e profondi. Quello centrale è il più grave, appare tumefatto, irritato, persino in rilievo.

Lui scosta la mano che lei tende per esplorarlo e si copre la guancia.

«Non è niente» dice.

«Ma come hai fatto?» Poi, improvvisamente, la rivelazione: «È stato lui? Vi siete presi, vero?»

Lui annuisce.

Anche lei annuisce. I cocci e la confusione che ha notato all'interno non possono avere altra spiegazione.

«E dov'è adesso?»

La faccenda ha preso una piega inattesa. Sono ancora senza chiavi e tutto si complicherà.

Lui fa segno di no con la testa.

Le viene in mente l'ipotesi peggiore: l'oste è andato a chiamare rinforzi e tra poco tornerà per chiudere i conti. Il desiderio di andarsene sta evolvendo verso un concetto di fuga.

«Quindi non possiamo andare via?»

Sa di aver posto una domanda stupida: se non hanno le chiavi, non possono andarsene. Ma lui è reticente, non vuole condividere con lei ciò che sa. Cos'ha negoziato con l'oste?

Lo guarda. È sfregiato ma bellissimo, con gli occhi lucidi, la pelle sudata, spettinato. Però continua a non rispondere alle domande.

Poi comincia a fare sì con la testa. Ha preso in considerazione l'idea di muoversi da lì.

«Allora andiamo, dai. Subito. Andiamocene a piedi e poi torniamo con i vigili o i carabinieri.»

Lui sorride, ma non a lei, sorride forse a se stesso o a qualche pensiero mentre rientra nel locale. La spaventa.

Lei si scosta per lasciarlo passare e si volta per dare un'ultima occhiata al panorama. Il mare non è bello, il cielo non è bello. Non è bella la costa, non è bella la macchia mediterranea, non è bella la montagna che li sovrasta. In un altro giorno vedrebbe tutto diversamente, ma oggi è così, questa mattina è così. Stringe le cosce per ricacciare indietro il bisogno di orinare e lo segue all'interno.

Si ritrovano improvvisamente ciechi. Dalla sinistra proviene ancora musica. Forse l'oste è in cucina e, se è lì, significa che c'era anche poco prima, quando è passata. Averlo avuto alle spalle senza esserne consapevole le provoca un nuovo, lungo brivido.

Vorrebbe sapere com'è finita la discussione, ma lui non sembra dell'idea di raccontare. Ha la conferma di quanto abbia fatto bene a non seguirlo: sarebbe stato imbarazzante vedere i due uomini prendersi per i capelli. Quei graffi che partono dalla radice del naso e gli attraversano lo zigomo sono da disinfettare al più presto. Non vede l'ora di fare una doccia, e vuole che la faccia anche lui.

Sono di nuovo al loro tavolo. Per fortuna la borsa e il telefono sono ancora dove li ha lasciati. Lui si accascia sulla sedia. Lei è sorpresa, si domanda cosa voglia significare.

«Pensavo che stessimo andando via» dice, confusa.

Lui non la guarda. Respira appena. Il graffio sembra più scuro, ora che si trovano immersi nella luce diffusa sotto la veranda. O forse è lui a essere pallido in questo momento.

«Mi dici qualcosa?» lo esorta.

Lui finalmente la guarda. È come se la vedesse per la prima volta in quella giornata.

«È un casino adesso.»

Quelle parole non le piacciono. Era già un casino prima. Il fatto che lui lo ribadisca ora indica un peggioramento della situazione.

«Cioè?»

Un breve silenzio precede la risposta.

«Non lo so.»

Sa che deve mantenere la calma. Se cambiasse registro e lo trattasse con durezza per pretendere le informazioni che le mancano, in questo momento non otterrebbe nulla. Se non ci fossero quei solchi infiammati e gonfi sulla sua guancia forse potrebbe essere più risoluta, ma quei segni indicano una situazione straordinaria, di cui ignora una parte considerevole. L'istinto le consiglia di tacere.

Guarda verso l'ingresso del locale aspettando di veder apparire l'oste.

Poi le viene in mente la moglie, quella che è andata a prendere le paste di mandorle a casa. È un pensiero positivo, la rende ottimista. Sicuramente avrà più buonsenso del marito e, insieme, le due donne riusciranno a venire a capo di tutto. Lei è pronta a pagare il conto per intero e a riconoscere anche una somma per i danni.

Potrebbe essere quella la soluzione. Anzi, decide che lo è. Improvvisamente si rende conto che tocca a lei portarli fuori da lì e prende una decisione. Afferra il portafoglio dalla borsa e ne estrae il denaro necessario.

«Vado a pagare» dice e si alza, pronta a fermarsi qualora lui la richiamasse per darle qualche indicazione.

Poi cambia idea e decide di portare con sé il portafoglio, casomai nel frattempo il conto fosse cambiato.

Entra nella penombra del locale senza che lui l'abbia fermata o richiamata indietro. Ciò può significare soltanto una cosa: che è d'accordo. Ha preso atto che non si può fare altro che cedere su tutta la linea, arrendersi. In cuor suo, lei non ha intenzione di cedere veramente. Sta già pensando di denunciare l'oste alla polizia locale o ai carabinieri, una volta arrivati in città, dopo aver fatto pipì nel bagno asettico del prossimo bed & breakfast e anche dopo una doccia. Si pente di non essere stata lei a trattare con l'oste. Perché ha lasciato che andasse lui a sistemare i conti? Forse perché sembrava così sicuro di sé? Forse perché è lui che decide sempre tutto?

Se fosse andata lei, si sarebbero confrontati un commerciante disonesto e una cliente che avrebbe cercato di limitare i danni. Invece, si sono incontrati due uomini, ciascuno dei quali con il proprio territorio da difendere, testosterone da scaricare e orgoglio da nutrire. Si sente in colpa.

È tutta colpa sua.

Se non se la fosse presa tanto per la sera prima, quella mattina sarebbero partiti con un altro spirito e non si sarebbero nemmeno fermati in quel posto orrendo.

Arriva alla porta della cucina. L'odore di frittura le provoca un nuovo moto di fastidio.

Ancora musica, canzoni italiane, come prima.

«C'è qualcuno?» domanda.

Come deve chiamarlo? Oste? Oste si scrive ma non si dice.

«Senta!» dice in direzione della cucina. «Scusi!»

Vorrebbe vederlo comparire e allo stesso tempo ne ha paura. Non le è sembrato un tipo capace di fare del male a una donna, ma i segni che ha lasciato sul viso del suo compagno non sono frutto di una carezza, per quanto sia pronta a pensare che sia stato proprio lui, conoscendolo, ad aver alzato le mani per primo.

Dei passi alle sue spalle.

Non è l'oste.

Lui l'ha raggiunta. Forse sarebbe stato meglio se fosse rimasto al tavolo.

La supera e prosegue verso il ballatoio di cemento.

È forse un invito a seguirlo?

Arrivato alla porta che conduce all'esterno si volta nuovamente a guardarla. Sì, vuole che vada con lui.

Quando lo raggiunge, è di nuovo fermo sull'orlo del baratro, esentato per decreto dal soffrire di vertigini, da paure di cadere e giramenti di testa.

La guarda ancora, poi abbassa gli occhi e osserva il mare sotto di sé, l'abisso.

Un pensiero, sottile come un capello, si fa strada in lei.

Non è inedito. In verità è stato concepito quando si è trovata su quel ballatoio privo di protezioni la prima volta, una manciata di minuti prima, ma non l'ha preso in considerazione. O meglio: l'ha sentito arrivare ma l'ha isolato e messo in quarantena prima di definirlo con precisione. Gli ha impedito di svilupparsi, esattamente come stanno facendo gli ormoni contenuti nella pillola che ha preso quella mattina: negano al suo ovulo, forse fecondato, la possibilità di aggrapparsi da qualche parte e lo spingono giù, sempre più giù, verso l'utero, lasciando che scivoli verso il suo destino.

Ora il sospetto ritorna, ma in questi minuti si è fatto più forte, più urgente, e ha cominciato ad attecchire. Di più, adesso è come se le dicesse: lo vedi? lo vedi che avevo ragione?

Impallidisce e guarda lui.

Diventa brutta. Se si vedesse allo specchio si detesterebbe, con la bocca piegata all'ingiù, le guance improvvisamente prive di tono, gli occhi troppo rotondi. Adotta quella che lui chiama "faccia da pesce" e che si manifesta quando è stanca o anche quando fanno l'amore a lungo.

Non ha il coraggio di lasciare che quel pensiero assuma il controllo, ma è inevitabile.

Si inginocchia sul cemento.

Poi appoggia le mani.

Lui non la ferma. Non dice nulla, non la esorta, non la incoraggia, non la sollecita.

Gattonando, si avvicina lentamente al baratro.

Quando vede il mare, viene colta dalla nausea. La superficie schiumosa è laggiù in fondo, molto più in basso di quanto credesse. Forse sono cento metri, forse di più.

Ora anche il petto è schiacciato a terra. Aderisce al cemento del ballatoio con ogni parte del corpo.

Striscia, fino a quando il mento supera l'orlo e può piegare la testa per vedere di sotto.

Ha paura. È irrazionale. Non può cadere, ma ha un terrore folle. Pensa che tutto il balcone potrebbe staccarsi, spezzarsi, sbriciolarsi e precipitare, non sarebbe il primo incidente del genere, e poi quella è una costruzione abusiva, quanti anni fa hanno fatto i calcoli del cemento? E chi li ha fatti?

Si sente ridicola, e ancor di più se si immagina vista da fuori: tutta schiacciata a terra, aderente al cemento come una ventosa, mentre il suo compagno se ne sta lì in piedi, indifferente a tutto, con la punta della scarpa che lambisce e persino supera il confine con il nulla.

Inspira profondamente per ricacciare indietro il panico, poi volta la testa e cerca di intercettare la direzione dello sguardo di lui per sapere dove cercare.

Che cosa o chi, lo sa già.

19

Lui la aiuta a tirarsi su.
Lei ha le ginocchia doloranti e la maglietta impolverata.
Trema. Sembra incapace di stare in piedi.
Lui cerca di pulirle la maglietta sul petto.
Lei gli allontana la mano.
Lui la sorregge.
Lei cerca riparo nel buio del locale.
Lui la tiene per un gomito.
Lei si libera.
Lui la riprende.
Lei si divincola.
Lui rimane indietro, con le braccia protese in avanti.
Lei esce in veranda.
Lui la segue.
Lei cammina.
Lui le è dietro.
Lei accelera.
Lui la chiama.

Lei non risponde.

Lui la chiama una seconda volta. La voce rotta.

Lei esce sulla strada.

Lui la chiama ancora.

Lei svolta a sinistra.

Lui la raggiunge.

Lei svolta di nuovo a sinistra, scende lungo la rampa di terra battuta.

Lui non capisce. Cerca di raggiungerla. Le chiede di aspettarlo.

Lei non risponde.

Lui è a un passo.

Lei si blocca.

Lui si ferma.

Lei si volta.

«Non mi seguire!» grida.

Grida come non ha mai gridato. È un urlo acuto, isterico. È l'urlo che non è esploso prima, quando ha visto.

Lui si spaventa.

«Non mi stare addosso! Vattene! Stai lontano! Non guardare! Devo pisciare, cazzo! Non mi seguire! Vai via!»

È un urlo che non ammette nulla se non obbedienza cieca e una ritirata immediata.

Lui si ferma dove si trova.

Lei si volta, si sbottona con furia i jeans e si accuccia subito, sulla rampa polverosa.

Lui ritorna sulla strada.

20

Stanno bevendo. Lui un bicchiere di vermouth, che ha trovato nel frigorifero sotto il bancone del bar, lei un'acqua minerale. C'era soltanto liscia. La beve liscia.

Sono seduti nella veranda da qualche minuto, il tavolo è sempre lo stesso. Perché cambiare?

Lei è tornata dalla rampa e l'ha trovato seduto lì. Stava già bevendo e aveva anche pensato a lei procurandole una bottiglietta di acqua da mezzo litro. La plastica è appannata e lei incide il vapore con le dita.

Non parlano. Per qualche minuto è concesso loro di fermare il cronometro e respirare. Lei cerca una salvietta nella borsa e con quella si pulisce le mani. Poi guarda il nulla compreso tra se stessa e l'ingresso del locale.

Il ronzio di un motore spinto su di giri si avvicina con esasperante lentezza. Forse è l'Ape con la quale si è allontanata la moglie dell'oste.

Sì, è un'Ape ad apparire sulla strada, ma non

è quella che aspettano. È di un colore diverso e alla guida c'è un uomo in canottiera, che non rivolge alla veranda nemmeno un'occhiata. Si allontana con la stessa lentezza, diffondendo un aroma di miscela bruciata.

«Vuoi dirmi?» esorta lei.

Lui annuisce, ma non parla.

Lei attende, ma lui non inizia.

«Sono qui. Sono pronta.»

Lui risponde con qualche secondo di ritardo, come accade nel corso di certe telefonate intercontinentali.

«Cosa ti devo dire?»

«Dimmi cos'è successo.»

Lui non riesce a trovare il capo del filo. È evidente che vorrebbe parlare, ma gli mancano le parole.

«Hai detto che vi siete presi. Come ha fatto a cadere? L'hai spinto tu? Come hai potuto?»

«Cosa vuol dire "Come hai potuto?" Io non ho fatto niente» si difende, «non è andata così! Ci siamo presi, è vero, e devo avergli dato una spinta, anche questo è vero», mima un gesto nell'aria per spiegarle, «ma ci stavamo prendendo! Non l'ho spinto giù!»

Lei stringe gli occhi, poi li riapre e lo guarda. Non capisce: l'ha spinto, non l'ha spinto...

«È indietreggiato. Ma c'era una ringhiera. Una ringhiera di ferro, bella alta», si porta una mano sotto il petto per mostrare l'altezza della ringhiera.

«C'era...»

S'interrompe.

«Il graffio me l'ha fatto prima... Io gli ho detto che gli avrei dato venti euro... e che... Lui era in cucina, è uscito e...»

S'interrompe di nuovo.

Lei è esasperata, guarda in alto come se potesse rivolgersi al cielo malgrado la tettoia di resina. Cerca di mantenere un tono di voce pacato.

«Vai in ordine per favore, così non capisco niente.»

Lui sa di essere un uomo razionale, si rende conto che quella cronaca frammentata e avulsa da una logica e da una cronologia non è ciò che ci si aspetta da lui. Si tocca il volto, evidentemente i graffi gli danno fastidio.

Lei si domanda se nella borsa abbia ancora una salvietta per disinfettarlo.

«Sono entrato, no?» Come a dire: mi hai visto entrare, e aspetta una conferma.

Lei annuisce.

«Era buio. Cioè, venendo da qui fuori, dentro in confronto è buio e non l'ho visto. Quando ho capito che proprio non c'era, ho attraversato il locale, ho guardato se per caso fosse chinato dietro il bancone per mettere a posto qualcosa... ma non era nemmeno lì, poi ho notato la cucina.»

«Perché hai chiuso la porta?»

«Quale porta?»

«Quella» fa lei indicando l'ingresso. Nella voce non riesce a nascondere l'impazienza.

«Io non ho chiuso nessuna porta.»

«Quando sono venuta a cercarti l'ho trovata chiusa.»

Lui fa spallucce, come per dire che non ha importanza.

Lei, invece, pensa che ne abbia, ma non dice nulla.

Lui ci ripensa. «Perché mi chiedi della porta?»

«Perché se l'hai chiusa forse avevi un motivo.»

«E che motivo avrei avuto?»

«Non lo so.»

«Io non ricordo nemmeno se fosse aperta o chiusa. Ma se tu pensi che sia importante, dimmi perché.»

Lei fa cenno che va bene così, di andare avanti con il racconto e di lasciar perdere la porta. In verità sta pensando che lui potrebbe aver chiuso la porta per evitare che voci e rumori di un eventuale alterco arrivassero fino a lei. In altre parole, non voleva che lei sentisse, e quindi aveva già previsto (e in termini giuridici si dice "premeditato") di attaccare briga. I carabinieri potrebbero pensarlo, anzi, lo sospetteranno certamente; dovrà far attenzione a non riferire che era chiusa. Cioè, dovrà mentire.

Immaginare i ragionamenti dei carabinieri le fa venire in mente che non li hanno ancora chiamati. Dovrebbero farlo subito.

«Sono entrato ed era buio» riprende lui da dove si era interrotto.

«Scusa» lo blocca lei, «hai chiamato qualcuno?»

Lui fa segno di no.

«Non sarebbe meglio farlo subito?»

Lui annuisce ma non prende il telefono. Preferisce prima raccontare a lei. Del resto, che fretta c'è?

Lei può immaginare la scena, la può rivivere. È cupa, buia, come tutto è cupo quel giorno. Non esiste e non esisterà mai una tecnica che le consenta di colorare quel ricordo. Immagina lui mentre avanza lentamente cercando di abituarsi alla differenza di luminosità, come ha fatto lei.

«In quel momento è uscito dalla cucina.»

Lei tace.

«Allora gli ho detto che volevamo andare via e di darci le chiavi della macchina.»

«Darci?»

L'obiezione le esce di bocca prima ancora di poterla pensare. Ne rimane impressionata lei per prima. È come se ci fosse qualcuno che pensa in sua vece e agisce più velocemente di quanto farebbe lei.

«Darmi» si corregge. «Lui si comportava come se non avessi parlato. Era offeso. Capisci? Faceva l'offeso. Faceva finta di mettere a posto della roba e non rispondeva. Offeso, lui! Dopo averci preso per il culo tutto il tempo!»

Lei trattiene un sospiro. Non è il momento di dire nulla. Vuole sapere cos'è successo.

«La ringhiera non ha tenuto. Appena ci è finito contro non ha resistito. Sarebbe caduta anche se ci si fosse appoggiato sopra un passero. Si è subito piegata all'indietro.»

Mima con le mani qualcosa che si rovescia e cade.

«Ma come ci è finito contro? Come ci siete finiti su quel balcone?»

Lui annuisce. Ha vuotato il bicchiere di vermouth e cerca di recuperare le ultime gocce con la lingua. È pentito di non aver portato fuori la bottiglia.

«Ci siamo presi a spinte.»

«Ma prima? Prima di spingervi? Hai detto che è uscito dalla cucina; tu gli hai chiesto le chiavi e lui ti ha spintonato? Cosa sono tutti quei vetri rotti in sala? E le fotografie?»

Lui tace.

«Quindi?»

«Gli ho detto: "Le chiavi, per favore." Ma lui non mi ha nemmeno guardato.»

«Ma di soldi non hai parlato? Non gli hai offerto niente?»

«Sì, gli ho fatto vedere due pezzi da venti.»

«Quando?»
Lui ci pensa un po'. «Prima.»
«Prima quando?»
«Appena l'ho visto.»
«Appena l'hai visto stava uscendo dalla cucina, giusto?»
«Sì.»
«Allora gli hai fatto vedere i quaranta euro e gli hai chiesto di darti le chiavi, esatto?»
«Sì.»
«Ma lui i soldi li ha visti?»
«Credo di sì. Sì, li ha visti.»
«E dove sono adesso i quaranta euro?»
Lui la guarda senza capire.
«Dove sono le due banconote da venti? Le ha prese? Le ha accettate?»
«No.»
«E dove sono?»
«Le ho io.»
«E dove?»
«Nel portafoglio.»
«Nel portafoglio?»
«Sì, perché?»
«Niente, vai avanti.»
«Cosa devo dire?»
«Dopo che non ti ha risposto, che è successo?»
«È rientrato in cucina.»
«È tornato in cucina?»
«Sì.»

«E tu?»

«L'ho seguito. Ho pensato che fosse rientrato per prendere un coltello.»

«E perché? Gli avevi appena offerto quaranta euro, perché avrebbe dovuto prendere un coltello?»

«Non lo so, l'ho pensato.»

«Poi?»

«La cucina è piccolissima, stretta. E non ha un'altra uscita. Forse si è sentito intrappolato, perché quando ha visto che lo seguivo dentro mi ha spinto da una parte per uscire di nuovo. Sempre senza guardarmi in faccia.»

«E tu l'hai seguito...»

«Sì.»

«Avevi sempre i soldi in mano?»

«Credo di sì.»

«Poi? Che altro?»

Lui la guarda, infastidito da quell'incalzare di domande.

Lei si altera per l'occhiata che riceve.

«Ti sto soltanto facendo le domande che ti farà la polizia!» sbotta. «E se faccio fatica a capire io che ero qui, figurati loro!»

Lui le dà ragione e abbassa lo sguardo.

Non l'ha mai visto così disarmato. Si calma e lo invita a continuare.

«Dimmi cos'è successo dopo che siete usciti dalla cucina, ti prego.» Il tono della voce è dolce.

«È successa una cosa...»

Lei gli lascia il tempo di raccogliere le idee.

«Non è raccontabile.»

«Come non è raccontabile?»

Lui prende aria e coraggio.

«Non mi va.»

«Per favore...»

«È andato in fondo al locale e ha cominciato a sistemare le sedie ben bene sotto i tavoli. Io lo seguivo da vicino, e man mano che lui le metteva a posto gliele tiravo fuori.»

Lei lo osserva allibita. Non ha nessuna difficoltà a figurarsi la scena e riesce a immaginare la tensione che sale in quella penombra resa irrespirabile dall'afa e dal fetore di olio fritto.

Improvvisamente lui alza la testa. «Ci credi che c'era la ringhiera?»

Lei non ha esitazioni: «Certo che ci credo!»

«Dimmi che ci credi, se non mi credi è inutile che vada avanti!»

«Ci credo!»

«Lui ha smesso di mettere le sedie sotto i tavoli ed è tornato al bancone.»

«Poi, scusa» lo interrompe lei, «quando la moglie tornerà, potrà testimoniare che la ringhiera c'era, no? Tutti quelli che frequentano questo posto potranno dire che c'era, c'è sempre stata. Non c'è nulla in cui credere o non credere: se la ringhiera era lì, era lì. È un dato di fatto. E poi sarà caduta là sotto, sugli scogli, vicino a lui. Starà là sotto fino alla fine dei secoli.»

Il pensiero della ringhiera accartocciata tra la spiaggia e gli scogli richiama alla mente quella macchia chiara tra le pietre bagnate dalla risacca. Quell'immagine che entrambi hanno impressa sulla retina li ammutolisce per qualche secondo.

«Lui è tornato al bancone...» suggerisce lei.

«Sì.»

Lei aspetta.

«Ma non ci è tornato normale.»

Lo guarda interrogativa.

«A passi lunghissimi.»

Lei annuisce anche se non comprende.

«E io gli stavo dietro... Lo imitavo... Capisci? Cioè, una cosa grottesca. Allora ha iniziato a girare per il locale in tondo, con questi passi lunghi, e io gli stavo attaccato, quasi gli pestavo i piedi da dietro.»

Lei tace. Si guarda le mani: tremano un po'.

«Questa cosa dimenticala. Questa che gli stavo addosso. La sto dicendo solo a te.»

Lei fa segno di sì.

«E non vi dicevate nulla?»

Lui scuote la testa.

«Tutto questo accadeva in silenzio?»

Lui annuisce.

«No» si contraddice subito dopo. «Io continuavo a dirgli delle cose.»

«Tipo?»

«Non importa.»

«Dimmi.»

«No.»

«Dimmene una.»

Lui scuote la testa. Sa bene che cosa diceva all'oste. Ricorda perfettamente che mentre lo seguiva a pochi centimetri di distanza, in quella coreografia folle e circolare, allungava un braccio e lo picchiettava continuamente sulla spalla, con le dita unite a cono, stuzzicandolo con incitamenti rabbiosi, in una sequenza priva di logica: «Bella stalla che hai!», «E lo sai che sei un ladro? Un ladro ignorante. Lo sai?», «Ehi, dico a te, pezzo di merda! Deficiente terrone del cazzo!».

Non riferisce neppure che, mentre lo tallonava, colpiva e buttava a terra tutto quello che gli capitava a portata di mano.

Non le racconta di aver abbandonato per un attimo quel folle trenino e di essere corso dietro il bancone per prendere delle bottiglie. Non le dice di averle versate dietro e sopra il bancone.

«Gli devo aver detto delle chiavi, gli ho chiesto ancora le chiavi.»

Mentre lo dice cerca di ricordare se le ha pretese nuovamente o se lo sta immaginando ora.

Lei non chiede nulla, aspetta il seguito.

«Alla fine lui si è fermato e si è voltato.»

Questo lei non se l'aspettava.

«Non me l'aspettavo» conferma lui. «Mi ha finalmente guardato, ma non ha detto nulla. Dopodiché ha cambiato direzione ed è andato verso l'altra porta, quella che dà sul balcone.»

«E tu l'hai seguito.»

Lui fa segno di sì.

«Sempre da vicino?»

«Mi sembra.»

«Lui sempre a passi veloci?»

«Sì, no. Non lo so.»

Lei non aggiunge altro.

«L'ho raggiunto sulla porta. Allora gli ho detto che era un ladro e forse gli ho dato anche del codardo.»

«Forse?»

«Credo di avergliello detto.»

Lei guarda la sua bottiglietta d'acqua ormai vuota. Ne vorrebbe dell'altra ma ha anche di nuovo voglia di orinare. Si accorge di quanto sia sudato lui. La sua maglia è un'unica macchia scura e umida.

«Gli ho detto: "Sai che sei un bel ladro?" Ormai era evidente che avesse paura, era in mio potere, capisci? Non aveva nessuna intenzione di battersi. Era un debole, un omuncolo del cazzo che ha provato a fregare le persone sbagliate. Gli sarà anche andata bene tante volte, con turisti vari, ma oggi gli è girata male. Ho capito che avrei potuto fare qualsiasi cosa, anche riavere le chiavi senza pagare un euro. Ma avrei pagato! Te l'ho detto! Giuro! Gli avrei dato i quaranta euro. Mi sembrava il minimo. Era il risarcimento per essersi lasciato umiliare in quel modo.»

«E allora?»

«È uscito sul balcone. E la ringhiera era al suo posto, ti assicuro. Poi non ricordo bene.»

«Per favore...»

Il volto sfregiato è percorso da una smorfia di disgusto.

«Allora io... No, non c'è bisogno che te lo dica.»

«Dimmelo. Lo stai raccontando solo a me e non dovrai raccontarmelo mai più. Ma adesso devi dirmi tutto.»

Lui scuote la testa. Non è vero che non ricorda. È vero il contrario: non dimenticherà mai. Si rivede mentre alza improvvisamente un braccio fintando una sberla. L'altro si spaventa e si sottrae di scatto, allora lui fa un'altra finta, ridendogli in faccia. L'uomo, di nuovo, pensa che lo voglia colpire e si spaventa, si piega d'istinto per schivare un colpo che invece non arriva.

Lui gli posa la mano destra, aperta, sulla faccia, coprendola per intero. L'altro gliela sposta, lui allora appoggia la sinistra, come fosse un polpo con i tentacoli che arrivano negli occhi e nel naso, e gli tappa la bocca con il palmo. L'oste sposta anche quella. Lui allora rimette la destra, poi la sinistra, poi la destra, poi la sinistra, sempre più in fretta, con sempre maggior impeto, finché gli appoggi diventano colpi, esasperando e confondendo l'oste, che in un impeto di orgoglio, o nel tentativo di mettere fine all'aggressione, prova a reagire. Tira uno schiaffo, lui lo schiva e la mano, invece di battere, graffia.

«Ci siamo presi» dice soltanto, «io l'ho esasperato e ci siamo presi.»

È il massimo della confessione che sia disposto a rilasciare. Del resto, i dettagli non servirebbero.

«Quando mi ha graffiato, alla fine, ho sentito un dolore che mi ha fatto infuriare e l'ho spinto via da me. Capisci? Non l'ho spinto per colpirlo, ma per allontanarlo. Io mica l'ho graffiato. Me lo sono scrollato di dosso, così, non di più», e mima un gesto con le braccia, così debole da risultare poco credibile. «È legittima difesa! Lui è arretrato. Ma il balcone è stretto, l'hai visto. Due passi indietro, neanche, ed era già contro la ringhiera.»

Lei vorrebbe mettere una mano sulle sue che si tormentano sul tavolino, ma non ci riesce. Non sarebbe un gesto spontaneo. Non fa nulla. È sotto shock. E lui più di lei.

«Senti...» dice lui.

Lei alza gli occhi.

«Dobbiamo fare qualcosa.»

Lei è d'accordo. Non possono aspettare passivamente che ritorni la moglie. Quando arriverà sarà un momento di pena inimmaginabile. Sarebbe meglio che non fossero soli ad accoglierla. Devono essere altri a darle la notizia. Devono avvertire i vigili del fuoco, il 118, la polizia. Devono farlo subito. Se non si affrettano a chiamare i soccorsi, tutto quel tempo gli sarà addebitato in qualche modo.

Ma lui ha in mente altro.

«Perché non ce ne andiamo?»

21

«Non mi sembra una buona idea.»

«Perché no?»

«Intanto non abbiamo le chiavi dell'auto. Come facciamo ad andarcene? Non possiamo lasciarla qui. Ci rintraccerebbero subito, ti pare?»

Non le è piaciuto usare la prima persona plurale, ma ormai l'ha fatto. Non è corretto che lei si ponga al suo stesso livello. È lui quello che rintraccerebbero. O meglio, li rintraccerebbero entrambi e poi verrebbe fuori che soltanto lui è responsabile di ciò che è avvenuto. Se fosse entrata lei a contrattare, adesso non si troverebbero in quella situazione; lei non sarebbe mai arrivata a uno scontro fisico con l'oste, né tantomeno l'avrebbe spinto contro la ringhiera.

Ha usato la prima persona plurale, ma non ha avuto scelta: se avesse detto «Ti rintraccerebbero subito», avrebbe segnato un confine netto tra loro. Lui l'avrebbe considerato un tradimento, e lei non lo tradirà. Non l'ha mai fatto. Nemmeno vuole prendere le distanze. Sono una coppia. Di più: sono sempre stati complici. Lui è il suo uomo. Quando l'ha scelto, ha preso il pacchetto completo. In questo è compreso il lato violento, quello che detesta, ma c'è anche l'altro, quello più tenero e profondo. In questo momento lo vede ferito, nudo e indifeso come non l'ha mai visto. Lo sente suo e, mentre lo detesta, lo ama profondamente.

Farebbe qualsiasi cosa per lui. La sta già facendo. Lo difende, lo difenderà, mentirà per lui.

C'è un aspetto da tener presente: ogni minuto che passa rende le loro posizioni di fronte al diritto penale sempre meno distinguibili, il tempo ridistribuisce le responsabilità. Avrebbero dovuto chiamare subito i soccorsi. Che non abbia chiamato lui può anche essere comprensibile, ma perché non l'ha fatto nemmeno lei? Potrebbero domandarglielo. Anzi, lo domanderanno senz'altro. E lei cosa risponderà?

«Cerchiamole» dice lui. «Non credo che le abbia nascoste. Perché avrebbe dovuto?»

«Le hai già cercate?» chiede lei.

«No. E quando?»

«Prima che io venissi a cercare te.»

«Mi hai trovato sul balcone, ricordi?»

Lei sa che ha ragione, ma c'è qualcosa che non torna. Lui non le sta dicendo tutto. La faccenda dei quaranta euro non le piace. Non c'è logica. Con quello che è successo, dopo aver visto l'oste precipitare nel vuoto, come e quando avrebbe rimesso le banconote nel portafoglio? Chiunque, nel suo stato, si sarebbe cacciato i soldi nella prima tasca, dimenticandosene. Lui invece dice di averli messi nel portafoglio. Non è credibile. Se ha mentito, come lei sospetta, è perché probabilmente quelle banconote non le ha mai tirate fuori; forse i quaranta euro non li ha offerti nemmeno a voce. Magari non le ha nemmeno, due banconote da venti. Potrebbe chiedere di vederle, ma non se la sente. E se poi le avesse davvero? È inutile insistere su questo punto. Non saprà mai com'è andata. Il pensiero la rattrista.

«E a parte le chiavi, ci hanno visti» obietta lei poco dopo.

«Chi?»

«Come, chi? La moglie quando è andata via, per esempio, e quello del camion; quello ci ha squadrati ben bene mentre passava. Non hai notato? Sembrava che non avesse mai visto dei clienti in questo posto.»

Lui non sembra preoccupato. «Mah... La moglie non ci ha nemmeno guardati. L'altro sì, hai ragione, ci ha visti: ha visto una coppia annoiata che aspettava il caffè. Dovesse mai testimoniare, cosa potrà dire di noi? Può descriverci, ma a parte tutto, a monte, perché dovrebbero cercarci? Chi? La polizia? Fino a prova contraria è stato un incidente.»

Lei rimane a bocca aperta per un istante.

«Un incidente? Con tutto il casino che c'è là dentro? I vetri rotti? Il limoncello rovesciato sul bancone? E poi faranno l'autopsia!»

«Puliamo e mettiamo a posto! E comunque non è detto che facciano l'autopsia. E poi, anche se la facessero? Cosa potrebbero scoprire? Che è morto sbattendo contro gli scogli?»

Lei non è convinta, ma si alza in piedi perché lui si sta alzando. Sa dove andranno ora. In effetti l'oste non aveva motivo per nascondere le chiavi, non sarà difficile trovarle.

«Ragiona» dice lui, che sta riconquistando il suo abituale controllo, «la moglie torna, non trova nessuno e vede che tutto è in ordine perché adesso sistemiamo tutto. Penserà di essere stata via troppo a lungo e si rammaricherà per non aver venduto le sue paste di mandorle. Ha fatto un giro a vuoto. Peccato. Entrerà nel locale e poco dopo scoprirà che la ringhiera ha ceduto. Niente di più facile che ogni giorno dicesse al marito che quella ringhiera era da sistemare. Lo cerca, comincia a pensare al peggio e alla fine lo vede come lo abbiamo visto noi. Urla, si dispera, si butta giù anche lei, oppure festeggia, non lo so, ma a tutto pensa meno che lo abbiamo spinto noi. Perché dovrebbe?»

Lei si rende conto che lui è eccitato, crede a quello che sta dicendo. Si sta convincendo che se ne può uscire del tutto impuniti. Si accorge anche che non si fa scrupoli a considerarla sua complice, responsabile tanto quanto lui. «Lo abbiamo spinto noi»: ha detto esattamente questo.

Anche lui si rende conto dell'errore.

«Che l'abbia spinto qualcuno» si corregge, e prosegue: «I carabinieri penseranno a un incidente e non credo che verrà in mente a nessuno di cercarci. Lo faranno soltanto se il magistrato romperà i coglioni per avere qualche testimonianza che gli consenta di chiudere l'istruttoria senza incriminare la moglie. Ecco, facile che sospettino di lei più che di noi. Noi che c'entriamo? In ogni caso, saremo dei semplici testimoni. Testimoni che cadranno dalle nuvole perché, quando siamo ripartiti dopo aver bevuto i nostri caffè, l'oste era lì che sparecchiava il tavolo.»

Lei lo ascolta cercando delle falle nella sua teoria. Ne trova subito una, enorme: se li interrogheranno separatamente, lei è certa di crollare nel giro di qualche minuto. Però è vero: la possibilità che la caduta sia attribuibile a un incidente esiste e forse è la più plausibile. I carabinieri noteranno i segni di ruggine sul balcone, controlleranno le saldature degli agganci e si renderanno conto che nessuno ha segato niente e che la struttura ha ceduto a causa dell'incuria. Non crede che se la prenderanno con la moglie, forse non indagheranno affatto. Sì, la possibilità di uscirne c'è, ma devono lasciare quel posto con la macchina al più presto.

Decidono di dividersi le zone: lei cercherà nel locale bar, lui si occuperà della cucina. Nessuno dei due pensa a pulire; prima bisogna recuperare le chiavi.

Lei trova un paio di guanti di gomma e li indossa. Non vuole lasciare impronte. Si domanda se ne ha già lasciate. Ha toccato qualche sedia? Lei no, ma lui sì. Ha senso raccomandargli di fare attenzione adesso?

Comincia a ispezionare il ripiano del bar.

Dalla cucina arriva la voce di lui: «Non toccare nulla con le mani, attenta a non lasciare impronte.»

D'un tratto, le viene in mente una nuova obiezione. Sotto le unghie dell'oste, il medico che esaminerà il cadavere troverà sicuramente tracce della pelle di lui. L'ha graffiato profondamente. Delle particelle saranno sicuramente rimaste. È di nuovo pessimista: si rende conto che qualunque cosa facciano è inutile, ci sono troppe tracce.

«Trovate?» domanda lui.

Non perde tempo a rispondere e cerca nei cassetti, ma trova soltanto bustine di zucchero e di caffè decaffeinato, un piccolo coltello a serramanico, qualche apribottiglie. Arriva fino al fondo dell'ultimo cassetto, dove ci sono vecchi mazzi di tarocchi tenuti insieme da elastici.

Nella vetrinetta delle paste non c'è nulla, se non briciole e una coppia di mosche morte. No, una, pur rovesciata sulle ali, ancora si agita. Guarda gli insetti con disgusto e pensa che forse una di quelle stesse mosche si è pulita le zampe sulla brioche che lei ha mangiato poco prima.

La faccenda della pelle sotto le unghie la preoccupa. Sarebbe un indizio molto grave contro di lui se venisse fuori, farebbe saltare tutta la teoria dell'incidente.

Esce da dietro il bancone e si affaccia in cucina.

«Hai pensato che potrebbe avere la tua pelle sotto le unghie?»

Il soggetto della frase è sottinteso.

«Sì» risponde lui, mentre richiude delicatamente un cassetto pieno di pentole da pasta.

«E allora?»

«Allora niente. Non possiamo farci niente. Ma se pensano che sia un incidente, perché dovrebbero andare a cercare sotto le unghie?»

Poi, dopo un secondo: «Cerca, continua a cercare.»

Le regala anche un sorriso che ha lo scopo di farle coraggio. Sembra autentico. E lui sembra sinceramente ottimista in questo momento.

Lei torna in sala. Prende lo straccetto umido

che ha visto sull'acquaio e raggiunge le sedie, mal disposte vicino ai tavoli. Prova a immaginare dove il suo compagno può averle afferrate e le strofina con vigore, poi le accosta ai rispettivi tavoli. Non sa dove altro cercare le chiavi. Non vede chiodi appesi in giro. Le uniche che ha trovato finora sono chiavi semplici, da porte interne di appartamento, non certo quelle intelligenti, dotate di microchip e codice di sicurezza, delle automobili. Le loro, poi, non sono nemmeno chiavi. Non si infilano da nessuna parte, è tutto elettronico. È sufficiente tenerle in tasca. La centralina dell'auto le sente vicine e tanto basta: il motore si avvia semplicemente premendo un tasto.

C'è un vaso con coperchio in mezzo alle bottiglie. Non ha ancora provato a guardare lì. Quando lo apre, trova soltanto uno strato di monete da cinque centesimi. Ma poi, perché l'oste dovrebbe averle nascoste?

Mentre ripone il vaso, sente la voce di lui che copre la musica. Sta imprecando. Evidentemente le chiavi non ci sono. Non è semplice come pensavano. L'opzione fuga sta per essere accantonata. E le cose si complicano, perché qualcuno prima o poi domanderà loro perché abbiano aspettato così tanto a chiamare aiuto. Quanto è passato? Inutile guardare l'orologio: non sa che ore fossero quando è accaduto.

«Scambiamoci i posti» propone lui tornando in sala.

Lei annuisce, ma si blocca a metà strada.

«I telefoni» dice.

«I telefoni cosa?» Lui si spazientisce.

«Se fanno una ricerca presso gli operatori per sapere chi transitava in zona questa mattina, vedranno i nostri numeri di telefono.»

Lui ci pensa.

«Quindi?»

«Noteranno che siamo stati fermi a lungo nello stesso posto.»

«Ma noi siamo stati fermi a lungo» decreta lui.

Non aggiunge altro, ma nel tono è sottintesa l'insofferenza per dubbi che considera inutili.

Lei lo guarda. Lui si sente in dovere di ribadire.

«Non vuoi capire: non ci cercheranno, ma se mai gli venisse in mente di cercarci, ci troveranno in cinque minuti. Se lo faranno e ci chiameranno, noi diremo la verità, ovvero che ci siamo fermati per un caffè, ma che poi un antipasto tira l'altro, e alla fine siamo rimasti un'ora, e ci siamo anche lamentati per il conto salato. Questo diremo, quando ci chiameranno.»

«E se ci vorranno parlare di persona?»

«Gli diremo le stesse cose.»

«Con quella faccia?» domanda lei indicando il suo zigomo sinistro.

Lui non risponde. Non può. Può solo sperare che i graffi guariscano in fretta.

«Adesso vai in cucina e prova a vedere se hai più fortuna o più occhio di me.»

La cucina è effettivamente un locale stretto e lungo. Una dispensa occupa un'intera parete, mentre varie mensole e un piano di lavoro arredano quella verso la sala. Un lettore mp3 è collegato a un piccolo diffusore. Lo esamina con attenzione. La fonte della musica è quella. Vede anche che il dispositivo è in modalità REPEAT. Per questo continua a proporre le stesse canzoni. Pensa di spegnerlo, ma poi si trattiene. Potrebbe essere un errore.

Colta da un improvviso pensiero si affaccia nuovamente in sala, dove lui è disteso quasi a terra e sta guardando sotto i tavoli. Si immagina il balletto che ha messo in scena poco prima con la vittima e può quasi vedere le chiavi che cadono e finiscono in qualche angolo buio.

«Ci sono le nostre prenotazioni» dice lei dalla porta.

«Quali prenotazioni?»

«I bed & breakfast. Se fanno una ricerca nel raggio di cinquanta chilometri da qui chiedendo se una coppia ha prenotato una stanza, potrebbero trovarci.»

Lui si rialza.

«Te l'ho detto: ci troveranno. Okay? Non *se*

ci troveranno, semmai *quando*. Ripeto: se ci cercano, ci trovano. Non possiamo farci niente. Quindi smettila. La domanda che dobbiamo porci è: perché mai dovrebbero cercarci? Prova a pensare positivo per un attimo: non c'è motivo. C'è una ringhiera che ha ceduto e un corpo in fondo alla scarpata.»

La donna pensa ai vetri delle cornici a giorno frantumati. Possono ripulire tutto il locale e portare via i cocci, ma quelle fotografie rimarranno inspiegabilmente senza cristallo. Preferisce non ricordargli questo particolare. Sarebbe inutile, perché in questo momento l'ottimismo lo rende cieco e sordo.

Lui sorride, ma ora quella smorfia, più che un incoraggiamento, sembra l'interpretazione di una scena nella quale l'interprete maschile a questo punto deve sorridere.

Lei si sente stupida. Se si ostina a cercare difetti nel piano di fuga è perché sa che non supererebbe indenne un interrogatorio. Lui forse è capace di mentire. Lei no. Si sentirebbe in colpa, e se un investigatore appena appena esperto le mettesse una mano sulla spalla e le dicesse semplicemente «Coraggio», lei scoppierebbe in lacrime e un minuto dopo finirebbe per raccontare tutto.

Rientra in cucina. Suddivide il locale in sei settori e comincia a ispezionarli. Sa che è una ricerca vana e comincia a pensare di aver commesso un errore grave: avrebbe dovuto chiamare subito il 118. Quando accerteranno che la morte è avvenuta alle ore X e che loro alle ore X più venti o trenta minuti non avevano ancora avvertito nessuno, che conclusioni trarranno?

Sta ispezionando il segmento quattro di sei. Passa la mano guantata dietro l'affettatrice, poi si china per verificare che le chiavi non siano scivolate nei cassetti dei coltelli. Controlla tutti i vasi, il frigorifero, persino il congelatore quasi vuoto.

Il freddo del freezer a pozzetto le ricorda che deve andare di nuovo in bagno. Ma un altro pensiero si accavalla: la sua orina dev'essere ancora sulla rampa, una macchia scura nella terra battuta e secca. Chissà quanto tempo impiegherà per evaporare. Si domanda se dall'orina possono risalire al dna. Sente l'impulso di chiederlo a lui. Ha bisogno di essere rassicurata, perché ha paura, ma sa che se sospendesse le ricerche per comunicargli quella nuova ansia riceverebbe ancora una volta la stessa risposta. E lui forse sarebbe meno accondiscendente.

Che cosa potrebbe pensare un poliziotto di una donna che la fa in mezzo a una rampa, visibile da chiunque transitasse lungo la litoranea in quel momento?

«Perché non è andata alla toilette, signora?»

Cosa potrebbe rispondere? Che non ce la faceva più? Che non sapeva dove fosse la toilette?

Non esiste una risposta che la salverebbe. Insisterebbero e insisterebbero finché lei crollerebbe e racconterebbe tutto.

Tutto cosa?

Le vessazioni dell'oste, i piatti non richiesti, il conto spropositato, il tentativo di truffa, l'attesa del caffè.

«Tutto questo meritava di essere punito con la morte secondo lei, signora?»

Improvvise, del tutto inattese, le lacrime le salgono agli occhi e cadono abbondanti sulla maglietta, sporca e stropicciata. Qualche secondo dopo, arrivano i singhiozzi. La straziano.

Si copre il volto con i guanti sudici. Pensa che li prenderanno, pensa che lui sarà condannato, che si assumerà tutta la responsabilità scagionandola. Pensa che gli daranno dieci anni.

Dieci anni senza di lui. Si sente morire. Come quando ha rischiato di dover partire per una missione di lavoro che l'avrebbe trattenuto in Canada per sei mesi, forse anche di più.

Alla fine, per fortuna è riuscito a non partire. È andato un altro al suo posto, ma lei nel frattempo ha vissuto settimane di angoscia.

È uno stronzo. A volte è insopportabile, a volte stupido e superficiale come la sera prima, ma lo ama. Lo ama ancora dopo sei anni. Anzi, adesso lo ama, prima semplicemente erano una cosa sola.

La passione li ha fusi insieme in un'insalata di emozioni e carne per almeno tre anni. Per tre lunghi anni hanno fatto l'amore praticamente tutti i giorni.

A volte si incontravano in ascensore, la sera, al ritorno dal lavoro, e cominciavano a baciarsi nella cabina; lui le metteva le mani dappertutto, lei protestava, voleva prima farsi una doccia, ma lui si eccitava ancora di più e una volta l'aveva fatta venire con le mani nel tragitto dal piano terra fino al settimo.

Si asciuga le lacrime con il braccio.

Quando ci vede di nuovo lui è lì, immobile davanti a lei, sulla soglia.

Attende di avere la sua attenzione.

«Le ha in tasca» dice.

22

Scendono lungo la ripida rampa. In fondo, parcheggiata al centro di quella che sembra una vasca di cemento, c'è la loro auto. Forse nel progetto originale quella nicchia voleva essere una cisterna per la raccolta delle acque piovane. Ora è una piattaforma sgretolata, appoggiata sul nulla. Un bordo alto una sessantina di centimetri si alza lungo il perimetro, ma da un lato il muretto è stato abbattuto per permettere il passaggio delle auto. Il parcheggio è certamente abusivo, come tutto il resto della costruzione.

Anche se il sole è velato, sul tetto scuro della massiccia automobile si riflette un bagliore accecante.

Là sotto è tutto cemento, e il calore umido e malato ne approfitta per moltiplicarsi. Oltre alla piazzola per le auto, sono di cemento anche i pilastri obliqui che spuntano dalla roccia per sostenere la sala ristorante. Sono aperti come le dita di un cameriere che tiene un vassoio. Se l'interno è squallido, il retro non trova un aggettivo che accetti di descriverlo. Gli spigoli dei sostegni mostrano le cicatrici dove alcuni calcinacci sono venuti via mettendo a nudo i mattoni. Sono più quelli rotti di quelli interi.

Dalla piazzola, la scala che risale fino al balcone fa meno paura, come un trampolino visto dal basso. I segni degli agganci della ringhiera sono ben visibili; cicatrici rossastre contro il grigio del cemento e delle ragnatele. Se quella vasca riconvertita in parcheggio sporgesse di un paio di metri, ringhiera e oste sarebbero precipitati sull'auto invece che nel vuoto.

Ogni qualche secondo, il mare invia un'onda più gonfia delle altre a infrangersi sugli scogli e fa sentire la sua voce. A volte sono le deboli correnti d'aria che selezionano i marosi dei quali importare i suoni.

Vista dal mare, quella struttura deve apparire come un ragno grigio aggrappato con le zampe alla falesia, una macchia volgare, uno dei tanti scempi che nessuno ha voluto impedire e al quale non si riesce a porre rimedio.

Le portiere dell'auto sono chiuse, ma i finestrini sono completamente abbassati, come li hanno lasciati loro. Salire a bordo non è un problema.

L'uomo si siede alla guida e accarezza il volante. Il contatto con la pelle morbida, ancorché bollente, gli restituisce forza e fiducia. Quella è casa sua. Assapora quel breve istante prima di passare una mano lungo il vassoio predisposto per accogliere le chiavi. Come temeva, però, le chiavi non ci sono. Non sono nemmeno appoggiate sulla consolle centrale né sul sedile del passeggero. Non si trovano nel portaoggetti a giorno e neppure nel cassettino, sotto i sedili o sopra l'aletta parasole.

«Le ha in tasca» conferma. «Perché non dovrebbe averle in tasca? Io dove le tenevo prima di darle a lui? In tasca. Qual era il posto più sicuro per non perderle e restituirle quando gliele avessimo chieste? In tasca.»

Scuote la testa di fronte all'ineluttabilità del ragionamento.

È d'accordo anche lei, e pensa che quella sia la fine delle ricerche. Soprattutto, è la fine di una fuga che non è nemmeno iniziata. Che le chiavi le abbia in tasca è logico. Per quale motivo avrebbe dovuto posarle da qualche parte, soprattutto se pensava di dover tirar fuori la macchina da quel parcheggio impossibile, di cui solo lui conosceva al millimetro le manovre per entrare e uscire?

Ora bisogna chiamare i soccorsi. Forse non è troppo tardi.

Lei vorrebbe tornare di sopra, nella veranda, dove hanno lasciato i telefoni, di nuovo incustoditi. Ecco, se qualcuno rubasse ora le loro cose sarebbero giustificati per non aver lanciato subito l'allarme. Mentre lei si domanda se quel pensiero possa diventare qualcosa di più, se possa trasformarsi in una specie di alibi, lui si avvicina al ciglio dell'abisso e guarda giù.

Lei non vuole più vedere. Vuole soltanto tornare ad avere i piedi appoggiati sulla terraferma. È sicuramente una sua impressione, ma le sembra che la struttura ondeggi, come se fosse elastica e stesse per rovesciarsi nel baratro. Si domanda cosa potrebbe succedere in caso di terremoto, eventualità da non escludere considerato il territorio in cui si trovano.

«Bisogna scendere.»

Lei lo guarda con orrore.

«Per le chiavi?»

Lui conferma, poi aggiunge: «C'è un sentiero.»

«Un sentiero?»

«Sì, scende un po' a destra, è ripido, ma non abbiamo scelta.»

«Ma ci metterai un'ora! Ed è rischioso! E non sai nemmeno se le ha le chiavi!»

«Deve averle per forza. Hai un'alternativa?»

«Sì. Chiamiamo i soccorsi e...»

Con la mano lui si indica il volto sfregiato.

Lei dà per scontato che prima o poi dovranno confrontarsi con le autorità, ma è evidente che lui pensa ancora che sia possibile uscirne.

«Non puoi scendere! Ti ammazzerai!»

«No, non mi succederà niente. Ce la posso fare. Starò attento.»

«Magari il sentiero non arriva nemmeno fin là sotto.»

«E allora dove va?»

Lei non ha obiezioni pronte.

«Guarda» dice lui indicando un punto in basso, «là ne spunta un tratto. Si vede un tornante. E là sotto ci sono delle altre curve. Le vedi?»

Lei fa segno di no.

«Certo che da lì non vedi, vieni qui. Si scorgono pure dei gradini.»

Lei scuote la testa con gli occhi chiusi. Il no è perché non vuole. È un no assoluto. È per il vuoto, a cui ha deciso di non esporsi mai più, ed è anche per ciò che potrebbe vedere in fondo, tra gli scogli, una scena alla quale ha già assistito una volta di troppo.

Lui la guarda negli occhi per qualche istante, poi muove un passo verso l'inizio del sentiero.

«Vado» annuncia.

Si volta lentamente, come se non avesse fretta. Forse è per trasmettere sicurezza a lei. Ma ancora non inizia la discesa. Torna indietro dopo due soli passi. Magari è per un bacio veloce, sulla fronte. Lei vorrebbe un bacio sulla fronte.

Se lui andasse da lei, adesso, nel momento in cui ogni nuovo secondo è mille volte più prezioso del precedente, se le prendesse le braccia o le mani e le desse un bacio sulla fronte, senza dire nulla, lei sarebbe felice.

«Tu metti un po' a posto» le raccomanda, «non rendiamogli il lavoro facile... Il liquore... dev'essercene anche per terra dietro il bancone... I nostri piatti e i bicchieri, i vetri rotti... Se trovi una borsa butta tutto dentro, ci portiamo via tutto.»

«E i vetri delle cornici? Erano già rotti o li hai rotti tu?»

Lui la guarda, non le risponde.

«Prendi anche le cornici.»

Non aggiunge altro. Si volta e un secondo più tardi sparisce, inghiottito da un cielo che non ammette baci.

23

L'oste è una macchia bianca tra gli scogli. Lei lo ricorda così: una macchia bianca tra le rocce scure.

Mentre serviva al tavolo, aveva una camicia che teneva fuori dai pantaloni. È quello il bianco, non certo l'incarnato della pelle, che invece le sembra fosse olivastro. Aveva le unghie lunghe? Non è sicura, ma a giudicare dai graffi che ha lasciato sul viso del suo compagno pensa di sì. Non vuole rivedere il corpo, per questo non si stende di nuovo sul balcone e rinuncia ad assistere alla discesa.

Non ripeterà l'esperienza, in ogni caso non prima di aver fatto quello che lui le ha appena suggerito. È la cosa più urgente: deve riordinare prima che arrivi qualcuno.

Ma lui ha suggerito o ha ordinato?

Un tempo non l'avrebbe né suggerito né ordinato. C'è stato un periodo in cui qualunque cosa pensasse uno, la pensava anche l'altro. Erano perfettamente sincronizzati. In tutto. Non avevano bisogno di parlarsi e il concetto di complicità era molto diverso da quello attuale.

Si dicevano «Ti amo» mentre facevano l'amore e anche al termine dei messaggini che si scambiavano.

Non lo fanno più e lei preferisce non domandarsi perché. Certo, la passione non può durare per sempre, lo sapevano anche quando non riuscivano a separarsi nemmeno per mezza giornata.

A quei tempi, lui non si sarebbe mai sognato di darle degli ordini. Nemmeno ora lo fa, è vero, ma i rapporti sono cambiati, l'equilibrio che li governava si è spostato. È lui che prende la maggior parte delle decisioni. È più veloce nei ragionamenti, perché ha la capacità di saltare dei passaggi e di arrivare al bilancio dei pro e dei contro in una frazione di secondo, cosa che lei non sa fare.

I suoi non sono ordini: dice delle cose. Se lei non si allineasse, a lui sembrerebbe soltanto strano. Ma sembrerebbe strano anche a lei. È lei che si è via via ritirata, che gli ha lasciato spazio. Difficilmente nascono discussioni, semmai qualche insoddisfazione.

Quella di portare via piatti e bicchieri usati è, in ogni caso, un'idea che la trova d'accordo. Potrebbe essere altrettanto valida quella di lavare e asciugare le stoviglie e metterle a posto. In tal modo non mancherebbe nulla se venisse effettuato un inventario. Il tempo ce l'ha. Stima che per trovare la via per scendere, recuperare le chiavi e ritornare su occorrerà ben più di qualche minuto. Per quanto lui possa muoversi velocemente, impiegherà almeno quaranta minuti. Uno sforzo e un rischio inutili, perché nel frattempo tornerà certamente la moglie e, quando arriverà, lei sarà sola ad accoglierla.

Immagina come potrebbe avvenire l'incontro: lei la riceverà piangendo (perché appena la vedrà piangerà, ne è certa) e le dirà che è accaduta una disgrazia. Le riferirà che loro erano seduti al tavolo quando hanno sentito un urlo, sono accorsi e sono arrivati in tempo per vedere il marito aggrappato alla ringhiera che aveva ceduto ed era piegata verso l'esterno, ma prima di poter fare qualsiasi cosa la ringhiera si è definitivamente staccata dal muro ed è precipitata di sotto.

«Il mio compagno è sceso a cercare di fare qualcosa e non è ancora tornato.» Le ultime parole di quel resoconto immaginario scappano dalla fantasia ed escono attraverso le labbra.

Questo dirà alla donna e dovrà apparire convincente, dovrà sembrare più addolorata che preoccupata. Adesso non prova dolore, soltanto ansia.

Non appena lui tornerà, lei gli farà notare di

fronte alla moglie dell'oste che si è graffiato il volto e gli domanderà se è scivolato da qualche parte lungo il sentiero. Lui, che capisce sempre al volo, dirà di essere caduto sulle rocce.

Tuttavia, in qualche recesso della mente, dove si conservano le speranze, immagina ancora di non dover dire nulla a nessuno. Prega che lui torni su con le chiavi e che se ne possano andare.

Sul tavolo ci sono il bicchiere in cui lui ha bevuto il vermouth e la sua bottiglietta d'acqua. Quest'ultima la infilerà nella borsa. Porta all'interno con sé il bicchiere e anche la borsa e i telefoni, per non lasciare nulla di incustodito.

Lui ha iniziato la discesa da due minuti circa. Vuole sapere che ora è per non perdere la cognizione del tempo. Il suo telefono è di nuovo sepolto in fondo alla borsa. Prende quello di lui. Lo risveglia dal letargo con il pollice e, con sua grande sorpresa, invece della schermata di blocco, il telefono si presenta con tutte le sue applicazioni. La sua impronta del pollice sinistro, che sul telefono del compagno non era più accettata da non sa quanti mesi, è di nuovo una chiave di accesso valida.

Lei non ha un sistema così sofisticato. Il suo è un codice numerico e non è un segreto per nessuno: è la data del giorno in cui si sono conosciuti.

Secondo il telefono sono le undici e quarantadue minuti, ma se qualcuno le domandasse l'ora lei direbbe che sono le quattro del pomeriggio. Ci sono anche quattro o cinque messaggi in attesa di essere letti, tutti da parte dell'ingegner Lucchini.

Non ha ancora capito se Lucchini sia un collega o un cliente. Lui una volta le ha spiegato: dovrebbe essere un capo qualcosa, forse capo distretto vendite, ma non è stata particolarmente attenta e lui non è sceso nei dettagli. Sicuramente è uno che non rispetta i periodi di ferie degli altri. Oggi ha già inviato una raffica di messaggi. A un tratto la donna si domanda se tutti quei messaggi possano tornare utili per creare una sorta di alibi. Forse lo sarebbero se si desse loro una risposta. Al contrario, tanti messaggi inevasi possono far pensare che chi li riceve sia impegnato in altro.

Sfiora l'icona e appare lo storico della chat di messaggistica: il primo messaggio che appare, ovvero il più recente, è una richiesta di integrazione circa la pratica "Osio".

Si rende conto che non dovrebbe leggere i messaggi sul telefono del suo uomo, ma oggi è concesso tutto, in particolare se può essere utile per porli al riparo da sospetti. Nel secondo messaggio, l'ingegner Lucchini lamenta un ritardo nell'evasione di un ordine. Nel terzo, che si riferisce a una telefonata intercorsa, sottolinea la mancanza di una decisione. Nel quarto, infine, ovvero il più vecchio dei quattro, c'è soltanto una parola: «Quindi?» Non ce ne sono altri. Evidentemente sono già stati cancellati. Non c'è nemmeno una risposta. Come è giusto che sia per una persona in vacanza con la sua donna, lui non ha risposto.

E se invece rispondesse? Se rispondesse normalmente, con delle frasi normali, non banali, parole di lavoro? Non costituirebbe una specie di prova a suo favore? Chi, in una situazione di stress ed emergenza come la loro, si sognerebbe di rispondere circa la pratica "Osio"? Se un eventuale poliziotto controllasse e trovasse una normale corrispondenza, prenderebbe corpo l'idea di una persona che, all'ora dell'accaduto, a tutto pensava tranne che a scappare o a nascondersi.

Il ragionamento le piace, funziona, ma per rispondere a quegli sms è già tardi. Avrebbe dovuto pensarci prima. O no?

Mette il cellulare di lui nella sua borsa e recupera il proprio. Quando lo afferra si accorge che ancora non c'è il segnale internet. Però può fare un esperimento. Il suo telefono supporta due schede e la seconda è di un operatore diverso. Chissà, magari quella prende. Esegue la procedura, ma un leggero rumore che proviene dalla strada la blocca.

La sim chiede il pin. Lei batte velocemente quattro cifre e conferma.

Sì, sono voci quelle che ha udito, anche se non

capisce che cosa dicano. Sono molto vicine, ora. Strano, non sente alcun rumore di motore. Se si tratta della moglie dell'oste, significa che non è tornata con l'Ape: l'ha accompagnata qualcuno. Questo complica tutto.

Ora le voci tacciono, ma si sente qualcos'altro, un ronzio lieve, un fruscio. Infine un ciclista, in tuta nera, zaino e con un carrello tender fissato alla ruota posteriore, frena davanti all'entrata.

24

È ottimista perché il sentiero sembra meno peggio di quanto immaginasse. Temeva che il fondo fosse di terra secca e ricoperto di pietrisco, di conseguenza sarebbe potuto scivolare appena avesse appoggiato la suola delle scarpe morbide da passeggio che indossa. Per guidare o camminare sono ottime, ma non sono fatte per garantire aderenza. Invece, il fondo del sentiero è sì di terra battuta, ma ben compatta, e la pendenza non è impossibile. Chi l'ha tracciato, evidentemente, ha pensato che la salita doveva essere graduale, per non spaccare in due il cuore delle persone. In alcuni tratti il cammino è comunque molto esposto. Scivolare o sbilanciarsi sarebbe fatale. Stima che dal balcone agli scogli l'altezza sia di una novantina di metri. Sta scendendo da due minuti e, se continua così, in altri dieci minuti si troverà alla base della falesia.

Ma non continua così. Nell'incontrare un colatoio per l'acqua piovana, quasi verticale, il sentiero si interrompe. Ricomincia appena oltre il canale naturale. Non è possibile appoggiare il piede nel mezzo, la pendenza è proibitiva. Per di più, il fondo è di scaglie di terra rossastra, umide. Ogni tanto se ne stacca un pezzo e rotola giù. Di prendere la rincorsa e saltare non se la sente. La soluzione consiste nell'attraversare in un punto più favorevole. Più in basso è impossibile: la parete rocciosa si mette sull'attenti. Sopra la sua testa, invece, pare inclinarsi un poco. Si tratta di risalire per qualche metro aggrappandosi ai cespugli della macchia: ginestre, capperi, erica. Non sa a quale specie botanica appartenga il primo ciuffo che afferra, ma sa che gli rimane in mano e che diffonde un buon profumo. Le dita affondano nel terriccio, ma la terra è poca: incontra subito la roccia. Riesce a issarsi di qualche decina di centimetri, quanto basta per trovarsi di fronte, all'altezza degli occhi, una specie di sentiero alternativo. In pochi secondi lo raggiunge. È una variante del cammino che stava percorrendo, evidentemente tracciata di recente per evitare il passaggio del colatoio. Infatti, dopo pochi passi incontra di nuovo il canale, ma ora è attraversabile agilmente, grazie a un grosso masso piatto. Dopo pochi altri passi, la variante ritorna a confluire nel sentiero originale. È da molto tempo che non va in montagna. Se fosse allenato avrebbe pensato che una variante doveva esserci.

Il sentiero continua in ripida discesa fino a un tratto in cui svolta di continuo, sempre affacciato sul vuoto. Non c'è traccia di spiaggia da nessuna parte. L'unico approdo è quello ghiaioso sotto la verticale della locanda. Si augura che il sentiero lo porti lì, perché al momento si sta allontanando verso destra.

La larghezza del viottolo aumenta. Il rischio di mettere un piede in fallo e precipitare diminuisce. Può permettersi di pensare ad altro. È da quando ha iniziato la discesa che si chiede se troverà davvero le chiavi. Esiste anche la possibilità che dopo l'urto o dopo essere state in acqua non funzionino più. Inoltre, l'oste potrebbe averle perse nella caduta. Potrebbe non avere più i pantaloni. Se le chiavi non salteranno fuori, dovrà arrendersi. Se invece le troverà, tornerà su e proveranno ad allontanarsi. È quasi certo che non li cercherà nessuno. Nessuno ha assistito, nessuno può immaginare.

C'è un gozzo di legno, un minuscolo cabinato, ormeggiato a un gavitello a cento o duecento metri dalla riva, ma sembra che non vi sia nessuno a bordo.

Da dove si trova non vede il corpo dell'oste. Spera che sia quasi a riva, che non occorra scendere in acqua per ispezionare le tasche, che la ringhiera di ferro non l'abbia imprigionato, che nessuno lo veda mentre si avvicina.

Chiuderà gli occhi mentre cercherà di infilare la mano nella tasca dei pantaloni, prima una, poi l'altra. Le chiavi saranno nella seconda, naturalmente. Dovrà soffrire fino in fondo per guadagnare la salvezza. Dopo averle recuperate dovrà risalire, e impiegherà altri venti minuti. Se nel frattempo sarà arrivata la moglie dell'oste sarà stato tutto inutile. Forse però potrà raccontare di essersi ferito al volto con una ginestra spinosa durante la discesa. Potrà provarci, sperando che la sua compagna nel frattempo non abbia fatto o detto qualcosa di sbagliato.

Man mano che si avvicina al momento in cui si troverà a tu per tu con il cadavere, il suo pessimismo aumenta. Ora pensa all'ipotesi peggiore, quella in cui il magistrato ordinerà l'autopsia. In tal caso troveranno la sua pelle sotto le unghie del cadavere e sarà la fine.

Sempre ammesso che l'oste le mani le abbia ancora. L'idea che sale in superficie è macabra, ma soprattutto inattuabile. Non saprebbe da dove cominciare per amputare una mano. E poi, ammesso che riuscisse, cosa potrebbe farne? Lanciarla in pasto ai pesci? Potrebbe essere un'idea, ma la cercherebbero e il medico legale si accorgerebbe del fatto che il moncherino è stato tagliato male e... No, idea scartata. Pensarci, tuttavia, gli è servito per percorrere gli ultimi due tornanti senza badare al cronometro che sta correndo contro di lui.

Ora si trova sull'esatta verticale della piccola spiaggia, che dista soltanto una decina di metri. Dalla nuova posizione vede bene la ringhiera, che si è spezzata e piegata nell'impatto. L'oste invece sembra intero. I pantaloni appaiono aperti all'altezza delle caviglie, mentre la camicia bianca è ancora miracolosamente al suo posto e non sembra nemmeno macchiata. Il sentiero è finito. Evidentemente, terminato il suo compito di condurre fino a quel punto rari e avventurosi turisti, si estingue e lascia totale libertà per percorrere l'ultimo tratto. Si siede a terra e si lascia scivolare per un paio di metri. Ora è sopra una roccia che, per colore e stratificazioni, non sembra far parte del panorama geologico che la circonda. Forse è caduta dall'alto. Scendere e superare gli ultimi metri è complicato, ma è l'ultima difficoltà. Posa i piedi sui ciottoli grigi e, in breve, è al mare.

25

I ciclisti sono due: due adulti, una coppia. Ma nel tender agganciato alla bicicletta della donna c'è anche un bambino che dorme. Sono stranieri, biondi, chiari di pelle. Probabilmente olandesi o scandinavi.

Non ha previsto che potesse fermarsi qualche cliente e non è preparata, non ha un piano. Improvvisa. Certo non possono fermarsi lì. Decide di affrontarli subito.

«*I'm sorry*» esordisce andando loro incontro, «*it's closed today.*»

L'uomo si sta slacciando il caschetto di plastica da sotto il mento. Sembra non aver capito. Perché non capisce? È una delle frasi più banali che si possano dire in inglese. Il suo è un inglese che capirebbe chiunque, a maggior ragione chi viene dall'Olanda o da un paese del Nord Europa come questa coppia. Chiunque capirebbe. Ma questo no. Finisce di sganciare il caschetto e comincia ad armeggiare con lo zaino.

«Chiuso. *Cerrado*» aggiunge, sapendo che gli stranieri spesso confondono lo spagnolo con l'italiano.

Il ciclista si rivolge alla moglie e le dice qualcosa. Lei non accenna a togliersi il caschetto e ciò è di conforto. Vuol dire che hanno capito e se ne andranno.

La donna stacca la borraccia della bicicletta dai supporti e gliela porge con l'accenno di un sorriso. Lei la prende. Certo che la riempirà d'acqua: farà di più. Aspetta che anche l'uomo le consegni la propria, poi entra nel locale e le riempie con l'acqua minerale che trova nel frigorifero basso. Prima, quando cercava le chiavi, aveva visto anche dei succhi di frutta in brik. Se li ritrova potrà darne uno alla donna, per il suo bambino, quando si sveglierà. Il succo è finito in fondo. Lo afferra, e quando si rialza vede che l'uomo è entrato nel locale. Probabilmente non riesce a vedere nulla e non si rende conto di camminare su cocci di vetro. Lei gli sorride e per invitarlo a uscire lo precede, portando con sé le borracce e il succo di frutta.

La donna ringrazia. Si è seduta al tavolino che occupavano loro e ha lasciato il bambino a dormire nel tender, quasi sulla strada. L'uomo è rimasto dentro. Cosa non hanno capito del fatto che è chiuso? Decide di ricordarglielo. Rientra e richiama l'attenzione dell'uomo, che sta passando in rassegna le fotografie a tema calcio appese alle pareti.

«*Nice*» commenta, riferendosi, con il movimento circolare di un dito, a tutte le fotografie oppure all'intero locale.

«*Yes*» si trova a rispondere la donna, «però è chiuso. *It's closed, sorry.*»

L'uomo annuisce; ha capito, infatti lascia l'oscurità del locale e va a sedere accanto a sua moglie, in veranda. Entrambi portano la fede.

Persino in Scandinavia si sposano ancora.

Loro che sono italiani, invece, hanno deciso diversamente, più per apparire una coppia moderna, fuori dagli schemi, che per qualche motivo ideologico o per chissà che cosa.

Si erano detti... Cosa si erano detti? Forse che avrebbero potuto riparlarne il giorno in cui fossero diventati tre, ma che per il momento sarebbe stato bello non dare un nome alla loro unione. Questo si erano detti. "Bello" era l'aggettivo che avevano utilizzato. Non giusto, coerente o corretto, ma bello.

I due cicloturisti sono seduti l'uno vicino all'altra, al tavolo. La donna non può fare a meno di paragonarli a loro stessi, seduti a quello stesso tavolo soltanto pochi minuti prima: lei nervosa, sull'orlo del panico, lui immerso nei suoi pensieri, sotto shock, incapace di dare una risposta alla sua domanda di fornire un rapporto accettabile su quanto era accaduto.

Anche questa coppia ha sicuramente dei problemi, ma appare serena, e la prova di ciò dorme tranquilla e bionda dentro quella gabbia su ruote che si trascinano dietro. Non hanno la stessa età: lei è molto più giovane. Lui ha i capelli corti, e non sono biondi come le era sembrato in un primo momento: sono bianchi. Lei ha un seno importante. Compresso sotto la maglietta tecnica sparge onde ovunque. Forse allatta ancora.

Li invidia. Vorrebbe pedalare via con loro.

I due si sentono osservati e bisbigliano qualcosa, poi la donna estrae una banconota da cinque euro da un taschino dei pantaloncini imbottiti e gliela porge.

«No no!» si affretta a dire lei. «No no. No no. *It's free!*»

«*For the fruit juice!*» insiste la giovane bionda.

«*No, no, really... Please. It's free. For your son. Don't worry!*»

«*Thank you*» dice l'uomo.

«Okay» risponde lei, «*but it's closed. You must go. Please. You can't stay... I'm sorry.*»

L'uomo non dà segno di volersi alzare. Lei immagina che siano stanchi e che facciano finta di non comprendere. Forse sono anche seccati perché lei non gli lascia riprendere fiato in pace.

«*Please, go away*, andate. Per favore.»

L'uomo le rivolge un'occhiata che esprime amarezza e risentimento. Ha ragione. I due ciclisti non riescono a immaginare quale disturbo possano arrecare rimanendo seduti, anche se il locale è chiuso.

Deve improvvisare qualcosa, trovare il modo di mandarli via, forse deve cercare di dire in inglese che nel giorno di chiusura non ci possono essere clienti, pena una multa salata. Oppure può provare a pronunciare e ripetere la parola "mafia", con la speranza che li preoccupi sufficientemente da indurli ad allontanarsi.

Non occorre nulla di tutto ciò: l'uomo si raddrizza sulla sedia. Poi dice qualcosa in una lingua gutturale alla sua compagna.

Si alzano. L'uomo non si volta più. La donna ringrazia ancora una volta per il succo. Dopo meno di un minuto sono fuori vista.

26

La speranza di trovare le chiavi l'ha accompagnato lungo tutta la discesa e l'ha aiutato a superare le difficoltà del sentiero, ma lo abbandona non appena i piedi sprofondano nella ghiaia della minuscola spiaggia. Sono finiti i film, ora deve infilare le mani dove non vorrebbe.

Il suolo è finalmente orizzontale, c'è poco da camminare: tre passi ed è subito bagnasciuga.

È un approdo triste, squallido come il locale che lo sovrasta, quasi cento metri più in alto.

Incassata tra falesie verticali che tagliano il mare come lame, la spiaggia è minuscola, umida, e probabilmente il sole l'abbandona ogni giorno troppo presto. Lungo il perimetro vagamente triangolare non mancano testimonianze di antropizzazione, tra le quali spiccano un manico di plastica arancione, forse appartenente a una borsa frigo, scampoli di polimeri rigettati dal mare e una ruota completa di cerchione e pneumatico, che appartiene probabilmente a uno scooter.

C'è anche una moneta da cinquanta centesimi.

Il corpo dell'oste si trova poco più avanti, a breve distanza da una parte della ringhiera accartocciata. La testa è rivolta verso la riva, è immersa nell'acqua e guarda verso il fondo. Le braccia sono invisibili, sotto la superficie. È come se stesse raccogliendo qualcosa sul fondo. Il corpo si muove appena, cullato dal mare che sembra voglia incoraggiarlo a respirare. Non può andare alla deriva, incastrato com'è tra due scogli neri che ogni tanto rompono l'onda.

La camicia bianca che ricopre il dorso non presenta nemmeno uno strappo. Non si vede altro da dove si trova.

Ha poche speranze di trovare le chiavi della sua auto: possono essere cadute durante il volo come quella moneta da cinquanta centesimi. Non ricorda che tipo di pantaloni indossasse l'oste. Se fossero dei jeans, qualche possibilità ci sarebbe.

Si siede sulle pietre per togliersi scarpe e calze. Intanto si guarda intorno. Se quella moneta era di proprietà dell'oste ed è scivolata, per esempio, dal taschino della camicia, lì vicino potrebbero esserci anche le chiavi. Trovarle senza dover toccare il corpo sarebbe un colpo di fortuna straordinario, ma evidentemente oggi non è giornata.

Si rimbocca i pantaloni fino al ginocchio e muove i pochi passi necessari per arrivare al mare. Il dolore sotto le piante dei piedi gli ricorda qualche spiaggia del passato, ma non riesce a mettere a fuoco quale.

Il cadavere dell'oste ora è davvero vicino. Forse è suggestione, ma gli sembra di percepire un odore sgradevole, diverso da quello salato e pungente delle alghe che marciscono un po' dappertutto. Fa un passo nell'acqua. La ghiaia sotto la superficie è più fine, cede e ricopre il piede. Ne muove un secondo e l'acqua gli lambisce già il ginocchio. Il fondo è pietroso. Una piccola onda, che sembrava innocua, si infrange contro le sue gambe e vi si arrampica. Non ha ancora percorso un metro e ha già i pantaloni inzuppati. Avrebbe dovuto toglierli.

Il corpo è vicinissimo, ma irraggiungibile. A nuoto sarebbero due bracciate, ma camminando e dovendo fare attenzione a non bagnare i vestiti è un'incognita. L'acqua è trasparente, ma non riesce a stimarne la profondità. La luce diffusa non aiuta a valutare, e sulle pietre sommerse sembra che ci siano anche parecchi ricci. Se ne pestasse uno, le cose si complicherebbero ulteriormente.

Perde all'improvviso l'equilibrio e per rimanere in piedi è costretto a un balletto frenetico.

In due salti è di nuovo a riva.

Si siede per offrire sollievo ai piedi e per sfilare i pantaloni. Analizza i risultati di quella prima ricognizione: nell'impatto, il ventre dell'oste è esploso. Gli è parso che la camicia, per quanto intatta sulla schiena, sia scomparsa, o comunque del tutto aperta sul davanti. I pantaloni non sono jeans come sperava e gli sono sembrati come ammucchiati sulle natiche, più che indossati. È sfiduciato: non troverà le chiavi in quelle tasche. Forse non troverà nemmeno le tasche.

Si libera dei calzoni bagnati, poi, con grande fatica, infila nuovamente le calze e le scarpe prima di ritornare in mare. Farebbe bene a togliersi anche la polo, ma ormai è di nuovo in acqua. Si è già abituato alla temperatura, e quel contatto fresco gli procura una sensazione di benessere. Con le scarpe e senza paura di ferirsi piedi e caviglie, procede con una certa sicurezza. Sono soltanto pochi passi.

A due metri dal cadavere sente di nuovo l'odore. È quello che ha avvertito poco prima, ma adesso è più forte. È un lezzo di succhi gastrici e feci.

Da sotto l'addome qualcosa si allunga nell'acqua. Cerca di non guardare quella massa informe che doveva risiedere nel ventre. Quando si trova a un passo, un banco di decine di minuscoli pesci, quasi trasparenti, non più lunghi di un centimetro, e che evidentemente stavano già banchettando, fugge a zig-zag e va a rifugiarsi dietro uno scoglio vicino. Anche due piccoli granchi scivolano di lato e si mettono in salvo.

Raggiunge il corpo.

Respira con la bocca per non sentire odori.

Guarda in alto. Non è per rimandare l'inevitabile contatto. Non solo. Vuole sapere se qualcuno lo sta osservando. Contro il cielo bianco, la linea retta del balcone si staglia scura, quasi nera. Sembra che non ci sia nessuno. Ma se anche ci fosse, il controluce gli impedirebbe di vederlo. Si volta e controlla la barca ormeggiata poco lontano. Anche da quella parte non si vede nessuno.

La gamba sinistra dell'oste si muove adagio, assecondando il debole moto ondoso.

Ha perso ogni certezza. Per contro, sa che non troverà mai ciò che cerca, ma è arrivato fin lì e deve tentare.

27

Ha finito di riordinare. Ha impiegato meno tempo del previsto per asciugare il limoncello rovesciato sul bancone. Ha passato la scopa in tutta la sala e raccolto i cocci di vetro, ha rimosso le schegge dalle cornici, ma ha lasciato le fotografie al loro posto. La moglie potrebbe non accorgersi della mancanza dei vetri per qualche giorno o non ricordare da quanto tempo mancano. Non lo sa, non sa che tipo di donna sia, non sa nulla; tira a indovinare. Spera.

Individua i piatti che hanno usato: sono gli unici sporchi, impilati sul piano di lavoro. Li lava, li asciuga e li ripone nella credenza della piccola cucina. Ha sempre indosso i guanti di gomma. Le sorge un dubbio: forse non doveva lavare le stoviglie. Forse l'oste d'abitudine non lava i piatti; magari è un compito esclusivo della moglie, che si potrebbe stupire se non trovasse nulla da pulire. Decide in un secondo: riprende i piatti e li unge con il contenuto di alcuni vasetti, poi li rimette vicino all'acquaio.

Certo, sui piatti usati non si troveranno impronte e sarà ben strano. Tutto sarà strano e sospetto se si metteranno ad analizzare la scena. Si sforza di ricordare che sta facendo tutto questo nella speranza che la caduta sia attribuita a una fatalità, un incidente. Di conseguenza, affannarsi a cancellare prove e fabbricare indizi conferma l'opposto: non è stato un incidente. Si ferma e sente improvvisamente le braccia pesanti. Non è stato un incidente e lei sarà accusata di favoreggiamento.

Bicchieri e tazzine del caffè sono ancora da lavare: non sa cosa fare. Ogni volta che qualcosa le sembra una buona idea, subito dopo trova il modo di pensare il contrario.

Se le lasciasse sporche troverebbero le loro impronte. È sicuro. Se invece le lavasse non troverebbero nulla e parrebbe lo stesso molto strano. Come si può prendere un caffè senza lasciare le proprie impronte sul manico della tazzina? Un altro pensiero chiede strada e si fa avanti: se pulirà le tazzine non ci saranno impronte con cui confrontare quelle che possono essere rimaste sulle sedie, sui tavoli o sul bancone. Se le tazzine saranno a posto, inoltre, potrebbero pensare che nessuno ha preso il caffè. È confusa. La logica le dice che non deve lavarle, invece finisce per passarle con la spugna, scolarle e asciugarle. Infine le riporta al bar e le sistema sopra la macchina del caffè.

La borsa è sulla sua spalla. La sala è in ordine. La veranda anche. I cocci da portare via sono in un sacchetto ai suoi piedi. È tutto pronto. Mancano soltanto le chiavi della macchina.

Non riesce a stare ferma. Si avventura fino al balcone, ma poi torna indietro. Dopo poco ci riprova e di nuovo torna indietro. Infine si decide. Appoggia la borsa a terra, quindi si mette in ginocchio, come ha fatto prima, ma questa volta ha meno paura. Strano, perché adesso è sola.

Striscia lungo il pavimento del ballatoio. Vede l'orizzonte, poi il mare, poi a spuntare nel suo campo visivo è la V disegnata dalle pareti di roccia, poi appare una barca ormeggiata, infine lo scoglio e la macchia bianca. Per poter scorgere la spiaggia deve avanzare ancora un poco. Si spinge con la punta dei piedi e finalmente può guardare giù.

Lo vede subito: è arrivato. Non capisce se si stia avvicinando al corpo dell'oste o se ne stia allontanando. Pare fermo. La buona notizia è che è arrivato. Si dev'essere tolto i pantaloni per non bagnarli, infatti li individua poco lontano, una chiazza scura sulla piccola spiaggia.

È questione di poco, ormai. Se troverà le chiavi, quasi certamente guarderà in su per vedere se c'è lei. Per indirizzarle un segno di esultanza, per avvertirla.

L'uomo si muove molto lentamente e lei non

capisce se è un effetto della distanza o se effettivamente procede a passi piccolissimi.

Ora è chiaro: si sta avvicinando al cadavere, deve ancora cercare le chiavi. Non è ancora sulla via del ritorno.

Una cacofonia, un chiamarsi e richiamarsi di segnali e suonerie la spaventano e la gettano improvvisamente nel panico. Si sente in pericolo. Ha paura di precipitare. Chiude gli occhi e graffia il cemento con le unghie.

È solo un attimo. Quando riapre gli occhi si accorge di essere arretrata: non riesce più a vedere la spiaggia. Cos'è successo? I suoni avevano origine dalla sua borsa, ne ha sentiti almeno quattro diversi. Due li ha riconosciuti, sono gli avvisi che ha impostato per WhatsApp sul suo cellulare; gli altri no, devono essere del telefono di lui.

Il segnale internet è riuscito a trovare anche quella baia.

Indietreggia fino a quando si sente sufficientemente distante dal baratro per alzarsi in piedi.

Sta seguendo un pensiero. Lui le ha raccontato di come ha raggiunto l'oste che si stava dirigendo verso il ballatoio. Perché stava andando da quella parte? Forse non stava scappando. Forse si era deciso a consegnare le chiavi e stava semplicemente andando a prenderle. Ma dove? Dalla parte verso cui si stava dirigendo l'oste, appena sotto il balcone, c'è la loro auto. La ricostruzione sarebbe corretta se le chiavi fossero nell'auto. Lì però hanno già cercato, e non ci sono. Le dispiace rinunciare a quell'idea: lasciare le chiavi nell'auto avrebbe avuto senso tanto quanto tenerle in tasca, anzi, di più.

Si avventura, senza pensarci, lungo la scala esterna. Così impiegherà una frazione del tempo necessario per fare tutto il giro. Sono soltanto i primi sei gradini a farle paura, quelli privi di protezione. I restanti sei sono altrettanto rischiosi, ma se cadesse da questi ultimi finirebbe sul tetto dell'automobile e non nel baratro.

Affronta il primo gradino, poi il secondo, ma quando si tratta di spostare il piede sinistro per raggiungere il terzo, si trova bloccata. Non c'è nulla a trattenere il piede, ma per un attimo, attraverso la lamiera forata dalla ruggine, ha visto il fondo dell'abisso e la paura di cadere l'ha inchiodata lì.

Cadrà.

Ne è certa. È la fine. Lo sente. Cadrà indietro sul gradino e, non essendoci nulla a trattenerla, l'inerzia del corpo la sbilancerà verso l'esterno. Il suo baricentro si troverà nel vuoto e lei si rovescerà nell'aria. La rotazione terrestre decide di accelerare in quel momento, e il suo respiro si fa affannoso. Il campo visivo si restringe.

Abbraccia la parete alla sua destra e, con esasperante lentezza, resistendo al tremito, si abbassa piegando le ginocchia, fino a quando si ritrova seduta. Dalla nuova posizione vede il cielo e il mare lontani, non più il baratro sotto di sé, ma sa che è lì, lo sente appena oltre lo spigolo dei gradini, dietro la superficie dei pensieri. Non può aspettare che la paura passi. Non c'è il tempo. Allunga una gamba, poi l'altra e appoggia i piedi sul gradino successivo. Poi scivola giù con le natiche. Ha guadagnato uno scalino. Il successo le dà coraggio. Ripete la manovra altre tre volte, poi si rialza e, quasi saltando, raggiunge la piattaforma di cemento con l'auto.

Se avesse tempo aspetterebbe qualche minuto per riprendersi, invece sale dalla parte del passeggero, si sdraia sui sedili e con le mani tasta i tappetini, mentre con gli occhi ne esplora la superficie in cerca di qualche rigonfiamento. La ricerca non dà esito, ma è convinta che le chiavi siano lì. L'oste è uscito dalla sala, incalzato dal suo compagno, perché aveva paura, o voleva comunque sottrarsi allo stress. Voleva restituire le chiavi. Altrimenti perché si sarebbe diretto verso l'esterno?

Le portiere dell'auto hanno dei vani portaoggetti. Non sono vuoti, ma non ci sono le chiavi, nemmeno sotto la busta che contiene il giubbotto ad alta visibilità. Esamina l'abitacolo: sopra il piantone del volante, sulla consolle; ricontrolla cassetti e vani ricavati dietro i parasole.

Prende atto della sconfitta e una nuova sensazione di angoscia l'assale. Come finirà quella giornata? In questura? Li arresteranno? Arresteranno lui? Tratterranno anche lei? Lo denunceranno a piede libero? Non ha esperienza, non sa. Può solo immaginare. Lei l'ha già assolto: è stata una disgrazia. La colpa è soprattutto dell'oste, che non ha curato la manutenzione dell'immobile e della ringhiera. Una spinta, per quanto forte, non può divellere una ringhiera se montata a norma di legge.

Ma quanto è stata forte la spinta?

Gira intorno all'auto. Ai piedi della rampa nota una striscia sottile, umida e scura, quasi retta. La riconosce: l'ha prodotta lei stessa. Come se fosse una gatta nella sua lettiera, cerca di coprirla e nasconderla spostando un po' di terra con la punta della scarpa.

Non salirà mai più su quella scala. Quando vorrà tornare nel locale percorrerà la rampa.

Ma non risale nemmeno da quella parte.

Ragiona.

Ha appena trovato le portiere dell'auto con le serrature non bloccate. Perché? Le portiere si bloccano in due modi: o agendo sul pulsante del portachiavi o automaticamente, quando si abbandona l'auto e ci si allontana. Il sistema non "sente" più le chiavi vicine e dopo pochi secondi ordina la chiusura. La prima volta sono riusciti a salire a bordo perché i finestrini erano completamente abbassati, adesso perché le portiere non erano bloccate.

Domanda: perché la prima volta le serrature delle portiere erano chiuse e adesso non lo sono?

Risposta: perché la prima volta, evidentemente, l'oste ha premuto il tasto di chiusura sul portachiavi.

Si eccita, il ragionamento si è già del tutto composto nella sua mente, sa che la soluzione è vicinissima, è solo da raccogliere.

Ritorna presso la portiera del conducente. La carrozzeria è impolverata. L'accarezza con il dorso della mano. Le piace sentire la superficie liscia della vernice metallizzata.

La seconda volta, quando è scesa con lui a controllare, le portiere non si sono bloccate perché nessuno ha premuto il pulsante e anche perché le chiavi, evidentemente, erano nelle vicinanze! Ecco perché. La centralina le ha sentite, quindi non ha chiuso.

Ma dove sono? E, soprattutto, il ragionamento è corretto?

Improvvisamente, un'idea: sale alla guida, preme la frizione e sfiora con un dito il tasto di accensione. Trattiene il fiato e forse anche il cuore perde un battito.

Il motore si avvia.

Esulta, stringe i pugni, e una lacrima di sudore

mista a gioia le riga il volto. Ci è arrivata! Le chiavi sono lì. C'è anche rabbia in quella lacrima: perché non l'hanno fatta prima, quella prova?

Spegne con lo stesso tasto e smonta. Sul tetto non ci sono.

Si china a guardare per terra, ormai è sicura di aver risolto il mistero. Con una mano esplora il cemento sporco dietro la ruota. Guarda sopra lo pneumatico destro anteriore, poi ispeziona quello posteriore. Gira intorno all'auto e compie la stessa operazione con le altre ruote. Le chiavi non sono sopra le gomme e nemmeno nascoste dietro.

Ma ormai sa di esserci. La caccia al tesoro la eccita. È euforica.

Controlla la mascherina anteriore, ogni piega della carrozzeria che potrebbe costituire una nicchia.

Sopra il cofano.

L'attaccatura dei tergicristalli.

I tergicristalli.

Appoggiate sopra il tergicristallo.

Quello a sinistra, quello del guidatore.

Eccole. Eccole. Eccole.

«Che posto del cavolo» dice, mentre le afferra e il cielo si colora di rosa.

28

L'auto azzurra e bianca è ferma in una piazzola stretta tra due promontori senza nome. Anche la baia sottostante non ha mai ricevuto il battesimo, seppure qualcuno si ostini a chiamarla Cala dei Mori. In realtà non è un approdo, perché, anche a voler guadagnare gli scogli via mare, non ci sarebbe modo di risalire le pareti di roccia nera, a meno di voler aprire nuove vie di arrampicata sportiva.

Per i due poliziotti seduti a bordo potrebbe chiamarsi in qualunque modo. L'unica caratteristica di qualche interesse di quella gola e di quella piazzola è la totale assenza di segnale. Per motivi mai chiariti, in quell'anfratto le onde radio non riescono ad arrivare. Nessuna frequenza: non le onde medie, non l'fm, non il gsm, il 3g o il 4g e, soprattutto, non la frequenza della centrale.

Per questo non è raro che gli equipaggi sostino con il muso dell'auto rivolto verso la strada a fumare una sigaretta o anche due. Per chi transita, quella vettura che si palesa improvvisamente dietro una curva, ferma in una piazzola a monte, può apparire un posto di blocco o una postazione autovelox. In verità è soltanto un salotto.

I due agenti hanno i finestrini abbassati. Le braccia pendono simmetricamente all'esterno. Non stanno fumando, ma per motivi diversi. Quello al volante è un fumatore, ma in questo momento ha la testa appoggiata tra il sedile e il montante della porta, con il berretto incastrato dietro la nuca per diminuire il fastidio provocato dall'arrotolatore della cintura di sicurezza. Gli occhi sono chiusi. Ogni pochi minuti la mandibola cede alla forza di gravità e si apre. L'agente si desta e la richiude scuotendosi. Pochi secondi di coscienza, passati i quali le palpebre si riabbassano.

L'altro non ha mai fumato. Guarda davanti. Non vede il mare, scorge soltanto il muretto sbrecciato che protegge la strada dalla parte del burrone.

In quell'anfratto privo di campo non si può telefonare o collegarsi a internet. Se ci si ferma in quel punto è soltanto per riposare.

Un vecchio autocarro da pochi quintali spunta da dietro la curva, aziona la freccia e si infila nella piazzola cercando di evitare alcune buche profonde. Il conducente si accorge dell'auto della polizia e manifesta un attimo di incertezza, poi la supera e si ferma qualche metro indietro, dove lo spiazzo si stringe al confine con la montagna e la roccia si impenna. Il poliziotto abbassa il parasole e controlla ciò che accade dietro di lui attraverso lo specchietto di cortesia. Vede che i due uomini a bordo stanno parlando. Si consultano, pare.

Non ritiene necessario allertare il collega, non ancora.

Le portiere del vecchio camion si aprono quasi contemporaneamente. Ne scendono due uomini. Il poliziotto li segue con gli occhi. I due ribaltano la sponda laterale del cassone e poi si arrampicano sul pianale. Poco dopo, due vecchie poltrone e un divano vengono spinti a terra. I due uomini saltano giù e spingono i rifiuti verso il mucchio di immondizia che si innalza addossato alla parete rocciosa, quindi risalgono a bordo. Il motore si riavvia con un grande tremito delle fiancate. Una fumata nera dal tubo di scappamento anticipa di poco la partenza. L'autocarro completa il giro intorno all'Alfa e raggiunge la strada costiera, dove si ferma come se ci fosse il segnale di stop. Indicatore di direzione a sinistra e via, ritorna da dove è venuto.

Il poliziotto riprende a guardare il nulla che ha di fronte. Il collega russa. Lo osserva con un misto di invidia e disprezzo. Un po' di sonno sta venendo anche a lui, ma sa che non riuscirà a dormire. Scende dall'auto e muove un passo verso la strada. Poi viene raggiunto da un pensiero nuovo e diverso. Velocemente si dirige verso la discarica abusiva. Vuole vedere meglio quel divano. Potrebbe essere utile, almeno provvisoriamente, al fratello della sua fidanzata, che sta mettendo su casa. Se non è un disastro può ricoprirlo con un lenzuolo e per un po' si può arrangiare. Si sta anche chiedendo chi, tra colleghi e amici, possieda un camion o un furgone e possa metterlo a disposizione per venire a caricarlo.

29

Si porta vicino al limite della vasca di cemento. Si dirige verso il punto in cui dovrebbe trovarsi la spiaggia e, senza avvicinarsi o sporgersi, lo chiama. Urla alla nebbia rovente il nome di lui.

Quando sente la propria voce, l'idea non le piace più. Quel nome scritto con inchiostro di china nell'afa compatta e bianca le sembra quasi una denuncia. Per di più, è inutile: lui non può sentirla cento metri più in basso, concentrato in una ricerca disperata e con le onde che si infrangono sugli scogli.

Di andargli incontro e scendere lungo il sentiero non se ne parla. Morirebbe. Le verrebbe un capogiro e precipiterebbe nel vuoto. Può solo aspettare che torni su, anche se sapere che sta sprecando minuti preziosi frugando nelle tasche vuote del morto la agita.

Lui le dirà: «Non potevi avvertirmi?», quando lei gli mostrerà le chiavi.

Il tempo è il bene più prezioso e loro ne sono del tutto sprovvisti. Impossibile sapere quanti minuti li separino dalla catastrofe. La moglie dell'oste potrebbe apparire in cima alla rampa con il suo trabiccolo nei prossimi tre secondi, due, uno. Eccola.

No, non c'è, ma sarebbe potuta arrivare. Deve trovare il modo di chiamarlo. Ma perché non ha portato il telefono con sé? Magari là sotto prende.

Le viene in mente il clacson dell'auto. Si sente nuovamente orgogliosa dell'idea, come quando ha trovato le chiavi, pochi minuti prima.

«Io ti ho avvertito! Mi sono attaccata al clacson della macchina» gli dirà. «Sei tu che non mi hai sentita! Se poi avessi preso il telefono, sarebbe stato anche più semplice.»

Si siede al posto di guida e preme a fondo il centro del volante. Poi lo rilascia e preme di nuovo altre due volte. Tre colpi lunghi. Ma già a metà dell'ultimo si pente.

Rilascia il clacson spaventata. Ha lanciato un richiamo. Potentissimo.

Qualcuno potrebbe interpretarlo come una richiesta di aiuto, un segnale di allarme, potrebbe attirare un automobilista di passaggio, un pescatore in barca e chissà chi altri. È stato un errore azionare quella specie di sirena da autoarticolato con la quale la loro auto si fa riconoscere nel traffico. E non crede nemmeno che il suono sia potuto arrivare fino alla spiaggia.

Ora che ha le chiavi in mano e il bar è stato rimesso a posto, ora che la fuga potrebbe riuscire se soltanto lui fosse con lei, ora, proprio ora, sente che tutto le può sfuggire.

E se portasse via lei la macchina? Fare manovra non è facile, ma con un po' di attenzione ce la può fare. Il suo compagno ha certamente l'occhio più allenato alle misure della nuova auto, ma lei sa guidare tanto quanto lui. Se non ha ancora messo in moto è perché non sa dove andare. Il primo parcheggio che le viene in mente è la piazzola dove hanno fatto inversione quella mattina. Può lasciare la macchina lì e tornare indietro a piedi ad aspettarlo.

La piazzola di quella mattina.

Il ricordo di quando hanno fatto inversione per tornare indietro sembra appartenere a un tempo raccontabile con il trapassato remoto: un mese fa le sembrerebbe verosimile, una settimana l'accetterebbe con qualche riserva. Se proprio la costringessero a ricordare che è successo ieri, se le dimostrassero che si tratta di ieri, allora potrebbe ammettere, a fatica, che si tratta effettivamente di ieri, anche se in cuor suo non ci crederebbe veramente. Ma oggi no. Che sia successo solo poche ore fa, soltanto un'ora prima, non può essere.

Dalla farmacia e dall'inversione di marcia è passata un'era geologica. Ci sono un a.C. e un d.C. Avanti Caffè e dopo Caffè.

Il tempo è una variabile che oggi svela una natura sbagliata, complice anche quel clima caliginoso che appiccica e dilata.

Che vantaggi ci sarebbero nel portare l'auto trecento metri più avanti lungo la strada?

L'unico che le viene in mente è non farla trovare lì. A chiunque si presenti nel locale dovrà sembrare che loro se ne sono andati. Quando? E chi lo sa! Tanto tempo prima. Ma la macchina rimarrebbe sulla strada, poco lontano, la vedrebbero tutti quelli che transitano: è un'auto che attira gli sguardi nel traffico, a maggior ragione se parcheggiata in una piazzola in mezzo al nulla. E quando la moglie dell'oste tornerà, le passerà accanto e la noterà certamente, tanto più che viaggia su un mezzo che non supera i trenta chilometri orari.

No, è inutile spostarla. Però può toglierla dalla piazzola e sistemarla dritta sulla rampa, in posizione di partenza, così non dovranno perdere tempo con manovre complicate quando lui tornerà.

È il massimo che può fare.

Regola il sedile in avanti e mette in moto.

È indecisa.

Che ora è?

Apre la borsa e controlla il telefono.

Spegne il motore.

Si ricorda di aver ricevuto diversi messaggi. Li controlla. Possono tutti aspettare eccetto uno. Il falegname.

Intanto riaccende il motore e aziona il comando che chiude i finestrini. Vuole accendere l'aria condizionata. Un lusso che può permettersi. Si mette una mano sul petto: possibile che le stia venendo un attacco di tachicardia? Non ne ha mai sofferto.

In un messaggio, il falegname dice che ha bisogno di effettuare un sopralluogo nell'appartamento per essere sicuro di una certa misura. Preferirebbe essere lui stesso a verificare certe informazioni, ma se lei potesse farlo al suo posto gli risparmierebbe un viaggio. Quello che serve all'artigiano è conoscere la distanza tra il termosifone e la porta. Gli serve una misura precisa al millimetro.

Regola il climatizzatore sui ventidue gradi.

Non sa cosa rispondere al falegname. Comincia a scrivere qualcosa, poi cancella. Non risponde.

Il compressore del climatizzatore si avvia e comincia a soffiare aria fresca verso di lei.

Chiude gli occhi per assaporare la sensazione di piacere. Se la merita tutta.

Afferra il telefono di lui. Anche lui ha ricevuto vari sms e dei messaggi WhatsApp.

Il condizionatore scaricherà acqua in terra.

Lascerà una traccia. Non è solo acqua. Forse i tecnici della polizia scientifica possono analizzare la macchia e venire a sapere tutto su di loro. Lo spegne subito.

Uno dei messaggi è ancora una volta dell'ingegner Lucchini, che chiede perché non risponde.

Te lo dico io perché, ingegnere!, pensa lei.

Spegne anche il motore. I finestrini restano su. Per qualche minuto tratterranno il fresco prodotto.

Quello che ha in mano non è il suo telefono, non dovrebbe spingersi oltre, non deve guardare nulla, ma tutto ciò che può distrarla in questo momento è lecito. È agitata. Vuole aprire i finestrini perché sta sudando. Scopre di indossare la cintura di sicurezza. Ma quando l'ha allacciata? E perché?

Riprende il proprio cellulare ma non sa cosa consultare.

Anche lei sa saltare i passaggi quando è necessario, e questo è uno di quei casi. Ha bisogno di conservare la mente lucida, deve mantenere la capacità di ragionare, quindi deve calmarsi. Per farlo deve respirare lentamente. Ci prova. Inspira ed espira, ma non si sente meglio. Vorrebbe soltanto che lui fosse lì, che tornasse subito. Riaccende il motore e ingrana la prima. Quando stacca la frizione l'auto non si muove e un suono elettronico l'avverte di qualcosa. Controlla la consolle e vede la spia del freno a mano che occhieggia. Okay, lo disinserisce e accelera. Per svoltare a novanta gradi e imboccare la rampa deve prima allargarsi sulla sinistra, più che può.

Si domanda dove sia lui. Si sarà arreso? Avrà capito che è una ricerca inutile? Sarà di ritorno, già sul sentiero?

Quando stringe a destra si accorge che rischia di toccare lo spigolo di un pilastro con la carrozzeria.

Torna indietro. Rimette tutto com'era, anche il freno a mano.

Spegne il motore e scende, badando a non urtare il bordo della vasca con la portiera. Va a verificare di persona quanto dista il pilastro di cemento dalla fiancata destra.

Il telefono di lui emette un nuovo suono. Lo afferra e non ci pensa due volte a usare la propria impronta per sbloccarlo. È del tutto naturale: sono complici, loro due. Non lo sono mai stati così tanto. Stanno lavorando in squadra per un obiettivo comune. Chissà se anche lui, laggiù, se ne rende conto. Chissà se sta pensando a quanto è importante l'aiuto che lei gli sta dando.

A quanto pare l'ingegner Lucchini non si fida degli sms e duplica i messaggi su WhatsApp. Lei li ignorerebbe se l'ultimo non fosse un messaggio vocale. L'immagine di Lucchini, chiusa nel cerchio del profilo, non è quella che conosce: non è il trentacinquenne pelato con gli occhiali, con quel viso anonimo ma non del tutto antipatico.

Si immagina che Lucchini parli con una voce non particolarmente maschia. Forse una voce noiosa. Magari pizzica la *erre*. Su WhatsApp, che è un canale di comunicazione informale, l'ingegnere si fa rappresentare da una bombetta nera che potrebbe essere quella di Charlie Chaplin.

È risalita in auto senza accorgersene. I finestrini sono chiusi. Non li aveva abbassati? Preme il comando che li fa scendere con un sibilo.

Ha un ultimo attimo di esitazione prima di ascoltare il memo vocale, poi sfiora PLAY.

Sorpresa: non è una voce, è musica. Anzi, è una canzone, e lei la conosce bene. Quella melodia le è particolarmente cara e un sorriso, forse il primo di oggi, le affiora sulle labbra.

Attende la voce. È curiosa e prova una sensazione piacevole. Sente che da quando ha iniziato a immaginare come può essere la voce di Lucchini non pensa più alla situazione in cui si trovano, non vede la camicia bianca dell'oste tra gli scogli, ha dimenticato i carabinieri. Si è finalmente distratta, almeno per qualche secondo. Significa molto. La svolta è arrivata con il ritrovamento delle chiavi e ora aver distolto la mente per qualche istante dal dramma in corso le dice anche altro. È la prova che tra giorni, settimane o mesi dimenticherà tutto questo. Sente di poter respirare più liberamente, sta meglio. Persino la sua reazione di quella mattina ora le sembra esagerata.

L'audio dura venti secondi. La voce arriverà, forse. Intanto c'è solo musica.

La sensazione di benessere si dissolve presto in una domanda: perché proprio quella canzone? Non è un pezzo qualsiasi.

D'un tratto decide che non è un caso e si sente tradita. Se lui ha fatto questo non glielo perdonerà, non può aver raccontato... non a una persona che frequenta per lavoro. Non è un suo amico, non le risulta, ma anche se lo fosse, come si permette?

Quale assurdo motivo può spingere un uomo a gettare fango su un ricordo così intimo e prezioso? Perché condividere quella particolare canzone con un collega, un cliente o chi cazzo è? Gli ha raccontato proprio tutto? Gli ha anche dettagliato le circostanze?

Hanno riso insieme? E certo che hanno riso! E tanto! Altrimenti perché gli spedirebbe proprio quel brano? Riesce facilmente a immaginare le occhiate, le battute e le smorfie che possono essersi scambiati.

Non è sicura di voler ascoltare fino alla fine. Si sta inquietando troppo per quello che, in fondo, spera sia soltanto un caso. Invece ascolta, perché confida ancora di sentire la voce di Lucchini.

L'ingegnere è online.

Sta scrivendo.

La canzone finisce. Non si è sentita alcuna voce. Solamente venti secondi di quel brano.

Lucchini deve aver notato che anche lei è online e crede di comunicare con il suo compagno in tempo reale.

Guarda la scritta STA SCRIVENDO che va e viene. Comprende solo ora un aspetto tecnico che le era sfuggito: il telefono del compagno si sta servendo del suo per ricevere il segnale. Altrimenti lui non avrebbe campo. Da quando lei ha cambiato sim, anche lui è connesso. È una considerazione che la distrae per un attimo. Poi però torna al presente, perché la prima frase appare insieme a un suono di avviso.

«Lo sto facendo» scrive Lucchini in una nuvoletta, e nella successiva aggiunge: «Adesso.»

Quello che era un passatempo per gestire l'ansia, un modo per distendersi, sta diventando morbosa curiosità. Sentire quella canzone l'ha riportata indietro a quando si è svegliata quella mattina. Il malessere che la coglie a causa di quella melodia è parente stretto della rabbia che ha covato ieri sera, quando si è resa conto che lui ha concluso l'amplesso disinteressandosi delle possibili conseguenze. Il benessere ritrovato insieme alle chiavi si è già dileguato.

Ciononostante, nulla l'autorizza a dialogare con Lucchini, né a leggere altro.

Chiude WhatsApp.

30

È dovuto tornare ancora una volta a riva per lasciare la polo. Per raggiungere le tasche del morto deve passargli per forza dietro, non esiste un'altra possibilità. Ma da quella parte l'acqua è profonda. Non è nemmeno sicuro di toccare.

Ora avanza facendo attenzione a dove appoggia i piedi. L'odore che proviene dal ventre squarciato dell'uomo è asfissiante. Dev'essere ancora più potente sott'acqua, perché vede diversi pesci aggirarsi nei paraggi, in attesa di trovare il campo libero.

Le scarpe incontrano una roccia. Fa un passo. Poi un altro. Nulla gli impedisce di lasciarsi andare nell'acqua e scivolare per un paio di metri, ma ha paura di ferirsi la pelle contro qualche scoglio. Uno spruzzo d'acqua salata gli bagna il viso, e lo sente prendere fuoco dove è stato graffiato.

Il piede sinistro non trova nulla: sonda il terreno, ma affonda. Possibile che, a cinque passi dalla riva, l'acqua sia già così alta? Guarda ancora in su. Gli sembra di sentire un colpo di clacson, ma il suono arriva proprio mentre un'onda più potente delle altre lo costringe a saltare. Il maroso lo supera e poi si infrange sulla spiaggia. Con disappunto vede che l'acqua ha raggiunto la sua polo e l'ha inzuppata.

Sul balcone non si vede nessuno.

Il piede trova finalmente un appoggio. Non è roccia. È qualcosa di elastico e cedevole. Si augura che sia un ciuffo di attinia o un riccio e non altro. Nella definizione di altro, nella sua immaginazione si affacciano l'intestino, il fegato e altre interiora.

È costretto ad aggrapparsi alla camicia del morto con la mano sinistra, mentre appoggia il petto sull'acqua e si lascia scivolare dietro il cadavere. Qualcosa gli sfiora la coscia e immediatamente molla la presa. Si trova a due metri di distanza, dove non tocca. Come sempre, quando nuota, lascia che l'acqua gli entri in bocca per poi espellerla, ma si rende conto dell'errore e un conato di vomito gli blocca il respiro. Non può permettersi di star male e vomitare dove non tocca. E men che meno di perdere altro tempo.

Con una bracciata a rana è di nuovo dietro il cadavere. Questa volta si ormeggia tenendosi con la destra a una delle due rocce che trattengono il corpo. Potrebbe allungare una mano e cercare a tentoni i pantaloni ma non ne ha il coraggio. L'acqua è limpida ovunque eccetto che intorno all'oste. Sangue e altro la inquinano, richiamando creature marine da ogni anfratto. Vede guizzare due aguglie. C'è anche un polpo in attesa.

Riteneva di essere meno sensibile. Pensava che il bisogno sarebbe stato capace di annullare ogni sensazione, che la necessità fosse un anestetico efficace.

Si basava forse su quella volta – ormai saranno passati tre o quattro anni – in cui ha soccorso un cane investito. Aveva la schiena spezzata e il ventre squarciato dal passaggio di un autocarro. Eppure era ancora vivo. Non guaiva nemmeno.

Era sceso dall'auto, si era avvicinato e aveva visto con orrore che l'intestino dell'animale era scoppiato e sparpagliato intorno: una poltiglia rossa.

L'aveva trascinato delicatamente fin sul ciglio della strada ed era rimasto con lui, respirando l'odore delle ferite. Aveva anche pensato a rimettere gli intestini all'interno del ventre, ma si era reso conto che sarebbe stato inutile. L'agonia del cane era durata altri dieci minuti.

La differenza risiede nel fatto che l'oste è un uomo e non un cane? O è perché la responsabilità della morte di oggi è sua?

La mano trema ma la spinge ugualmente in avanti, fino a sfiorare la tasca posteriore destra dei pantaloni dell'oste. Poi la sposta lentamente, ma sotto il tessuto non trova un corpo solido a contrastare il tocco. Le natiche, i fianchi, il bacino di quest'uomo dove sono finiti? Sembra che i calzoni non avvolgano più nulla. Tuttavia, poco dopo incontra di nuovo l'apertura obliqua di una tasca. È la destra, la più probabile. La mano si infila smaniosa, ma presto si accorge che quella non è una tasca perché non ha fine, forse è la gamba del pantalone. Oppure era la tasca e ora è un sacchetto senza fondo. Se le chiavi si trovavano lì al momento dell'impatto, adesso sono perse da qualche parte sul fondo del mare.

31

Vuole soltanto sapere a che ora è stato spedito il messaggio con la canzone in sottofondo. Soltanto quello. Non c'è altro motivo, per cui si concede l'autorizzazione di sbloccare di nuovo il cellulare di lui usando la propria impronta, che entrambi ritenevano estinta e che nessuno dei due ha chiesto o offerto di ripristinare.

Farsi degli scrupoli la mette in imbarazzo perché fino a poco prima non se n'è fatti. È un paradosso, ma ha una spiegazione: prima non si trattava di spiare, controllare, sapere, era più un "respirare", era il bisogno di fare qualcosa per vincere l'ansia. Ora non ne è più sicura. Non hanno nulla da nascondere l'uno all'altra, lasciano sempre i telefoni in giro ed è normale che qualche volta uno dei due prenda in mano quello dell'altro. Capita spesso quando lui o lei sono alla guida.

Vuole soltanto quella piccola informazione.

Se non fosse convinta di questo, se solo sospettasse di nutrire intenzioni di altro tipo, che non siano dettate dalla curiosità di conoscere l'ora di invio, rinuncerebbe.

Aprirà l'app, arriverà alla fine della chat dove Lucchini scrive quella frase comprensibile solo a lui e guarderà l'ora di invio di quei due o tre messaggi finali. Non leggerà i precedenti, non le interessano e non la riguardano. Poi richiuderà tutto. Finito.

Cosa sta facendo Lucchini? Cosa vuol dire quando scrive «Lo sto facendo. Adesso»? Di cosa sta parlando? Qualcosa di irreparabile? Qualcosa che se ricevesse una risposta non farebbe? Si tratta di qualche affare? O stiamo parlando di tutt'altro, visto che c'è anche quella canzone, che sarà anche un gioco del caso, ma sicuramente non fa parte di una pratica di lavoro?

Sì, alla fine è di questo che si tratta: anche se sta cercando di tenerla lontana, di non darle un nome e di negarla, quella che si è insediata dentro di lei da qualche minuto è gelosia. Non la sentiva da tanto e adesso è lì con tutta la sua potenza. È come se fosse sempre stata con lei. Le viene in mente il suo capoufficio, che ha ripreso a fumare dopo aver smesso e non aver toccato una sigaretta per due anni. Ha ricominciato rubando un tiro a un collega e il giorno seguente fumava già un pacchetto e mezzo, come se non avesse mai smesso.

Conoscere l'ora di invio della canzone non le

serve. Lo sa. Se scoprisse che il messaggio è di due ore prima, cosa cambierebbe?

In realtà le serve soltanto un pretesto per riaprire quella chat, rileggere i messaggi e forse anche riascoltare quella musica. Non perché abbia qualche dubbio, la canzone è certamente quella, ma perché risentendola forse capirebbe qualcosa.

In questa giornata, quella canzone non era invitata. Se fino a qualche momento prima costituiva un ricordo dolce e prezioso, ora si è trasformata in un brano da lista nera, uno di quelli da non ascoltare mai più, perché sono stati la colonna sonora di un amore o di un addio.

Il cellulare è bloccato e l'impronta digitale ha perso i superpoteri che sembravano riacquisiti. Fine della storia e dei sensi di colpa.

È delusa, non se l'aspettava.

Appoggia il polpastrello in varie posizioni, ma lo schermo rimane bloccato. È stato un caso, quindi, forse un errore, se pochi minuti prima è stato possibile accedere.

Non sono arrivati altri messaggi, per nessuno dei due. Forse il segnale è di nuovo perduto.

La canzone, però, le torna in mente. Anzi, ora che l'ha sentita non se ne va più.

L'ha cantata lui, una volta, mentre facevano l'amore. Era una delle primissime volte. Erano a casa di lei, una domenica. Si stavano baciando a letto. Lui era a torso nudo e non si era ancora slacciato la cintura dei jeans, lei indossava solamente gli slip, neri, ne è sicura, e li indossava perché lui non glieli aveva ancora sfilati. Era splendido. Non perché fosse bello (ed era molto bello), ma perché era splendido. Canticchiava mentre la baciava. Lei gli aveva detto qualcosa, come: «Smettila, baciami e basta», oppure: «Scopami, ma smettila di cantare!»

In realtà non voleva che smettesse, le piaceva sentire la sua gioia, era quello il suo modo di fare l'amore con lei. Era allegria, era ricerca, era davvero tanto. Parlavano molto mentre lo facevano. Lui a volte si fermava e, senza lasciare il suo corpo, imbastiva chiacchiere su argomenti di nessuna importanza e ancor meno urgenza, fino a che lei, esasperata, si agitava contro di lui. Lui allora capiva che doveva finirla di giocare; era il momento di farla godere. Era splendido.

Quella volta non parlava, canticchiava mentre la baciava. Lei alla fine gli aveva intimato: «La vuoi smettere? Sei pure stonato!»

Lui aveva finto di essere offeso e aveva messo su un broncio simulato. In silenzio, le aveva sfilato gli slip, poi le aveva spalancato le ginocchia e si era tuffato con la faccia lì in mezzo. Era la prima volta che lo faceva, ma invece di sfiorarla, baciarla o assaggiarla, l'aveva percorsa soltanto una volta con la punta del naso, poi si era allontanato quel tanto che bastava per mettere a fuoco ciò che vedeva e aveva cominciato a dialogare con il suo sesso. Si lamentava di lei che non lo apprezzava come cantante e concludeva con una domanda: «Tu mi ascolti? Almeno tu?»

Lei era affascinata e lo stava a sentire. Capiva che più innamorata di così non avrebbe potuto essere e che così tanto non lo era mai stata. Lui aveva ripreso la canzone e l'aveva cantata quasi tutta, concentrato, persino un po' strabico per non perdere il contatto visivo con l'interlocutore che si era scelto. Alla fine si era avvicinato con le labbra e, accarezzandola con il fiato, aveva domandato se la canzone le fosse piaciuta.

Poi l'aveva sparata nello spazio, le aveva scollato l'anima dal corpo e soltanto quando lei, pochi minuti dopo, sopravvissuta all'esperienza, aveva smesso di tremare, era risalito a baciarla sulla bocca, mescolando il sapore di lei, che tratteneva ancora, con le loro salive.

Ora, perché l'ingegner Lucchini (vuole continuare a chiamarlo così) gli spedisce proprio quella canzone? D'accordo, era un pezzo piuttosto noto dieci anni prima, e nelle playlist di qualche radio si sente ancora di tanto in tanto, ma perché inviargliene uno scampolo? Perché proprio oggi?

Richiude i finestrini. Non sa perché.

Scende nuovamente a terra e non sa neppure perché fa questo.

32

Il poliziotto è annoiato. Guarda le poche auto che passano lungo la litoranea. Ha la paletta in mano ma non la usa. Non può fermare nessuno da solo. Sarebbe una violazione grave del regolamento, oltre che un'inutile imprudenza. Tiene la paletta in mano perché non vuole stare in auto con quell'altro. Da dove si trova lui, sul ciglio della strada, il collega che dorme al volante non si vede, perché il cristallo riflette il cielo bianco, ma da vicino quel viso stravolto dal sonno è uno spettacolo disgustoso.

È stufo. Torna a sedersi in auto e sbatte la portiera. Osserva l'altro. Il tonfo potente non l'ha svegliato. Sono fermi in quell'anfratto da quasi mezz'ora. Può bastare. Magari non li hanno cercati, magari invece sì. Sono l'unica pattuglia in servizio sulla strada costiera. Scuote l'autista. Quello mormora qualcosa ma non apre gli occhi.

«Oh, andiamo!» gli urla.

Non dovrebbe. È lui il capoequipaggio. Non

dovrebbe trovarsi in quella situazione. L'altro dovrebbe obbedire, dovrebbe essere in soggezione, almeno un minimo, invece tra di loro non c'è distinzione. C'è una sorta di bieca associazione, una parità di grado generata dal ripetersi di episodi di complicità come quello.

La colpa è sua. Si è lasciato trascinare nelle pessime abitudini in vigore in quel commissariato. Niente di grosso, niente di cui doversi vergognare, ma tanti comportamenti che non dovrebbero esistere. Il senso del dovere è stato sostituito dai sensi di colpa.

Il collega continua a dormire. Il capoequipaggio si serve della paletta che ancora tiene in mano e lo colpisce di taglio sul ginocchio. L'altro si sveglia di colpo e si ritrova seduto, spaesato.

«Cazzo c'è? Cazzo fai?»

«Cazzo dormi?» gli fa eco il capoequipaggio. Non c'è traccia di ironia nella sua voce. «Sveglia, ricomponiti e metti in moto, ce ne andiamo.»

«Ci hanno chiamati?» si informa l'autista, che poi ragiona: «Metti in moto» gli sta bene, «Ricomponiti» un po' meno, ha l'aria di un rimprovero.

«Come cazzo fanno a chiamarci qui?» fa notare il capoequipaggio.

L'altro non replica, si ricorda che la radio non funziona in quel tratto, ma non capisce il motivo del cattivo umore del collega.

Mette in moto e fa andare su di giri il motore.

L'Alfa ha macinato quasi trecentomila chilometri e soltanto due autisti del commissariato sanno quanta pressione esercitare sull'acceleratore per avviarla.

«Dove andiamo?»

«Gira a destra.»

«Ah!» s'illumina l'autista. «Un caffè?»

33

C'è un po' di sole, ora. È molto filtrato dall'afa. Può sedersi con il viso rivolto a mezzogiorno senza temere di scottarsi. Tuttavia, prendere il sole non le interessa. Non è il momento. È ancora agitata. Avere le chiavi è inutile se lui non è lì. E poi c'è quella musica, e ci sono anche troppe domande che le girano in testa.

Deve rispondere al falegname e potrebbe essere una buona idea farlo, se non altro per distrarsi, ma non sa cosa dire.

Riprende il telefono di lui e riprova ad avviarlo, senza nessuna convinzione. Invece si sblocca al secondo tentativo.

Il cuore perde qualche colpo: si rende conto che segretamente ci contava molto.

Non perde tempo e apre WhatsApp. Tutti i propositi che ha fatto sono dimenticati. Non le interessa l'orario di invio del messaggio vocale, vuole risentire la canzone.

Non è vero nemmeno questo: vuole leggere, vuole capire.

Ci sono diversi nuovi messaggi, tutti da Lucchini.

È quasi sempre la stessa parola: «Ora.» Ce ne sono almeno una quindicina, tutti uguali, a distanza di pochi secondi l'uno dall'altro. Lucchini è folle. Ma chi è?

Risale più indietro. Spuntano messaggi del giorno prima.

Sono brevissimi, una parola soltanto. Li supera scorrendoli velocissima, senza leggerli, poi si ferma, ne sceglie uno a caso. È sempre l'ingegnere a scrivere, il suo compagno non risponde mai. Ha un sospetto che è anche una speranza: Lucchini è gay? Che ci provi e lui non gli dia spazio?

Legge e trova una logica.

«Sai quando ti penso?» scrive Lucchini in una chat. Non "quanto", ma "quando".

Poi una serie di almeno una dozzina di «Ora» e «Adesso» a intervalli irregolari. Gli sta dicendo quando, è vero, ma senza volere, forse, gli sta comunicando anche quanto lo stia pensando.

Le è venuto, potente, il mal di stomaco. Chi è Lucchini? Possibile che sia davvero un gay, sempre che sia un uomo? E come cazzo si comporta? Usa gli sms per comunicazioni ufficiali e invece utilizza WhatsApp per flirtare con il suo compagno?

Scorre i messaggi indietro, vorrebbe trovare

almeno una sua risposta. Vuole essere sicura che lui lo rifiuti. È un cliente, e per tenersi un cliente lui sarebbe capace di dargli spazio; sa quanto sia ambizioso, ma non è assolutamente gay.

I messaggi si interrompono due giorni prima, senza che lui abbia mai risposto. Il fatto che non risponda mai la tranquillizza. Evidentemente sopporta che l'altro gli scriva ma lo respinge. Ma perché non le ha detto nulla? Ne avrebbero sorriso insieme. Forse essere oggetto di attenzioni da parte di un uomo lo imbarazza? Sempre che sia un uomo. Chiunque sia, comunque, sa della loro canzone.

Messaggi archiviati? Forse.

Sì, ci sono. Sperava di no, invece li trova. Non perde tempo e li richiama dalla memoria in cui erano nascosti. Ora spera che lui non stia già tornando: sarebbe imbarazzante farsi sorprendere con il suo telefono in mano; no, non è questo. Spera che lui non torni perché vuole sapere. La chat è lunghissima. Per un'ultima volta dice a se stessa che non dovrebbe leggere, ma è una dichiarazione pro forma.

La chat archiviata risale a tre giorni prima, quando erano già in viaggio.

Il suo pollice, impaziente, fa scorrere i messaggi indietro, ma lei è ancora più impaziente e non arriva nemmeno all'origine: comincia a leggere.

34

Le chiavi non sono nelle tasche dei pantaloni. Probabilmente ci sono state, ma nell'urto o ancora prima, mentre precipitava, sono andate perdute. Forse si trovano sotto il corpo, ma l'acqua in quel punto è torbida e intorno ai due scogli sui quali si è sfracellato l'oste ci sono ciuffi di alghe che si agitano con il moto ondoso. Potrebbero essere ovunque.

Prova a immergersi, ma la mancanza di una maschera non gli permette di vedere quasi nulla. Trovare le chiavi sarebbe un colpo di fortuna. Non trovarle è una disgrazia, il peggio che possa immaginare. Se anche la polizia crederà alla versione che forniranno, saranno costretti a lasciare l'auto lì e a tornare con un meccanico. E cosa potrebbe fare un meccanico? Dovrebbe cambiare la centralina elettronica e le serrature, compreso il sensore dell'accensione. Di sicuro costa meno un volo andata e ritorno per tornare a casa a prendere le chiavi di scorta.

Pensare a una simile eventualità lo aiuta a sopportare la sconfitta. Se potesse cavarsela soltanto con una spesa non prevista si considererebbe più che fortunato.

Quale potrebbe essere, invece, l'ipotesi peggiore? Per quale motivo i carabinieri dovrebbero pensare a un suo ruolo nella morte dell'oste? Nemmeno il magistrato più zelante e ottuso potrebbe arrivare a tanto. Non c'è nessun legame tra loro e quell'uomo, non si sono mai incontrati prima, manca qualunque movente. Deve sostenere, dovranno sostenere la tesi della disgrazia. Loro non c'entrano niente. L'oste non tornava al tavolo e dopo un po' che aspettavano sono andati a vedere cosa fosse successo. Hanno visto che c'era un balcone a cui mancava la ringhiera e...

L'uomo si spinge verso riva. Non ha più nulla da fare lì. Il rapporto che sta preparando per i carabinieri gli piace. Decide di ripeterlo e magari di provarlo a voce alta.

«Non so da quanto tempo eravamo seduti ad aspettare. Abbiamo pensato che si fosse dimenticato di noi, allora sono andato a vedere, insomma, non c'erano altri clienti da servire, attendevamo solo il caffè ed erano passati almeno venti minuti da quando lo avevamo ordinato... Capirai... Due caffè...»

Mentre parla da solo, l'uomo pensa che, raccontandola in questo modo, si spiega anche per quale motivo sono rimasti così tanto tempo in quel locale e perché la chiamata ai soccorsi sia partita così tardi.

Riprende, correggendo qualcosa qua e là: «Abbiamo aspettato non so quanto, ma tanto, direi una decina di minuti o anche di più, anche venti, che per un caffè sono un'era geologica.»

Ci ripensa: «Un'era geologica» non ci sta. Se usasse espressioni di questo tipo con i poliziotti si metterebbe nei guai.

Ricomincia: «Così abbiamo pensato che si fosse dimenticato di noi, allora sono andato a vedere cosa stesse succedendo. Ho chiamato, poi ho visto la porta aperta verso l'esterno e ho dato un'occhiata. Ho visto che c'era questa specie di balcone», gesticola, come se volesse disegnare il ballatoio di cemento nell'aria, «e ci ho messo qualche secondo a realizzare che dava sul vuoto. Mi sono detto: ma qui sono matti! Ho chiamato ancora, ho visto che non era lì fuori, allora sono tornato dentro per guardare in cucina...»

Qualcosa in ciò che ha detto non gli piace, ritorna indietro e ripete: «Mi ha colpito vedere quel balcone privo di qualsiasi protezione...»

Si accorge che sta gesticolando troppo mentre parla. Di solito fa così? O sta gesticolando perché sta recitando? È un modo naturale di esprimersi?

Intanto è arrivato sulla ghiaia asciutta. Si accorge che un ginocchio sanguina leggermente. La nuova ferita gli ricorda il graffio che gli attraversa il volto. Torna in scena il regista pessimista.

«E quel graffio come se l'è fatto?» domanda puntuale il maresciallo dei carabinieri immaginario.

«Questo?»

No, non va bene. Certo che è *quello*. Non deve dare l'impressione di tergiversare, deve rispondere subito. Se prende tempo per rispondere si tradisce, vuol dire che ha qualcosa da nascondere.

Non deve nemmeno avere la risposta troppo pronta, perché significherebbe che si aspetta la domanda.

«Quando sono sceso alla spiaggia» risponde, e si tocca il viso.

Il maresciallo immaginario lo guarda come per invitarlo a fornire una spiegazione più completa. Deve pur redigere il suo verbale.

«Il sentiero che scende, non so se lo conosce, è ripido e scivoloso, soprattutto se non si hanno le scarpe adatte.»

«Scusi» lo interrompe il maresciallo immaginario, «ma questo è un punto importante: lei perché è sceso? Chi gliel'ha fatto fare di rischiare la vita? Poteva ben dedurre che l'uomo era morto dopo una caduta simile, no?»

Il maresciallo immaginario fa le domande come gli vengono. Probabilmente un maresciallo reale sarebbe più metodico. Ma è meglio così. Prima le domande difficili, poi le altre.

«Perché è sceso?» gli ha chiesto.

Silenzio. Neppure lì, seduto sui sassi da solo, non incalzato da domande su domande, mentre cerca di disfare il nodo bagnato delle stringhe delle scarpe, sa cosa rispondere, e fa scena muta.

«Quindi?» insiste l'immaginario inquirente. «Non sa dirmi perché ha deciso di scendere?»

«Non lo so, mi è venuto spontaneo. Farei la stessa cosa se vedessi uno sbalzato fuori dalla sua macchina dopo uno scontro frontale. Magari è morto, sicuramente è morto sul colpo, ma c'è sempre qualche possibilità.»

È una spiegazione che non spiega. Però risponde alla domanda. Se nutriranno dei sospetti su di lui si incaponiranno su quel quesito, se invece crederanno all'ipotesi della disgrazia lasceranno correre.

«Diceva? Del graffio?»

«Sì, sono scivolato mentre scendevo e, per paura di precipitare, mi sono aggrappato a un cespuglio spinoso e ci sono finito dentro con la faccia.»

«Aveva detto di essersi graffiato mentre risaliva.»

«No, ho detto mentre scendevo, sono sicuro.»

«A me sembrava il contrario.»

«No, sono certo che è stato scendendo. Vedevo il mare quando ho perso aderenza con i talloni e sono caduto. Mi sono immediatamente voltato a pancia in giù per aggrapparmi a qualcosa.»

Il maresciallo immaginario l'ha messo alla prova ma lui era pronto. Sorride.

Dopodiché dovrà continuare il racconto senza soluzione di continuità. Il maresciallo non dovrà avvertire nessuna pausa nella relazione. Lui non deve domandarsi se gli credono o no. Non gliene deve fregare niente. Lui è un testimone e deve comportarsi come tale. Raccoglie i pantaloni. Sono bagnati, come del resto la pelle di tutto il corpo. Farà fatica a infilarli. Tornare su è urgente quanto prima. Anche se non hanno le chiavi della macchina, devono sfruttare i pochi minuti a disposizione per concordare la versione da dare. È di nuovo vagamente possibilista.

Improvvisamente si ricorda di aver detto alla sua compagna di pulire e mettere tutto a posto. Invece no. Riordinare aveva senso se avessero trovato le chiavi. Rimanendo sul posto, invece, devono far trovare piatti e tazzine sporchi. No, le tazzine no, perché il caffè nel suo racconto non è mai arrivato! Che errore sarebbe! Rabbrividisce. Aver ideato un piano e doverlo ribaltare confonde molto le idee. Sbagliare è un attimo. Prende nota mentalmente di ripensare più tardi ai dettagli, alle prove da lasciare o da far sparire; ora deve finire la sua deposizione.

Si accorge di aver saltato un pezzo della testimonianza e vuole provare anche quello mentre imbocca il sentiero che lo riporterà su.

«Ho messo la testa in cucina e non era neppure lì. Allora ho pensato al peggio. Con tutta la cautela del mondo... No, che cazzo, maresciallo, sto dicendo cazzate perché sono seduto su questa spiaggia tutta sassi che mi fanno male al culo e non ho trovato la chiave. Cancelli "tutta la cautela del mondo", per favore, io non l'ho mai detto. È una frase del cazzo. Cancelli. Dunque, dicevo: ho pensato al peggio. Mi sono avvicinato al bordo del balcone, con attenzione perché fa paura stare lì senza una ringhiera, e ho guardato giù. Subito non l'ho visto, poi mi sono accorto di una macchia bianca e ho capito.»

«E cos'ha fatto?» domanda il maresciallo.

«Ero sotto shock. Sono rimasto lì, fermo, forse quasi un minuto. Ho pensato che doveva essere morto, ma il primo impulso è stato di andare a sincerarmene.»

«E visto che il morto sembrava davvero morto, perché non ci ha subito chiamati? Poteva avvertirci e poi scendere.»

Lui allarga le braccia come a dire che non lo sa, che era sotto shock, ma non vuole ripeterlo, l'ha già detto una volta di troppo. Devono arrivarci da soli. Forse quando sarà il momento non utilizzerà affatto l'alibi dello shock. Sicuramente eviterà la parola. Deve descrivere i sintomi dello shock senza tentare la diagnosi. Sceglierà le parole sul momento.

Indossa a fatica i pantaloni e la polo. Calza le scarpe, fradice. Quasi duecento euro che forse dovrà buttare. Comincia la risalita. Non sarà facile. Faticando e dovendo fare attenzione a non perdere aderenza, sarà difficile persino pensare.

35

L'Alfa bianca e azzurra procede lentamente. Dietro si è formata una breve coda composta da altre due auto. Nessuno osa superare la polizia, e comunque non sarebbe possibile in quel tratto tutto curve della strada costiera.

Dopo una stretta svolta a destra si apre un breve rettilineo, nemmeno cento metri. Entrambi gli uomini a bordo si voltano verso sinistra mentre passano davanti alla brutta costruzione in cemento. Il capoequipaggio si rende conto che l'auto sta rallentando. Nella veranda non c'è nessuno, e non si vede nessuno nemmeno sulla rampa che scende.

L'autista si volta verso il collega in una muta richiesta.

L'altro non coglie.

«Un caffè?» domanda allora quello al volante.

Il capoequipaggio muove la lingua all'interno della bocca, come a cercare un sapore.

«Una cosa veloce?» insiste l'altro.

«No» decide il capo.

Ritiene che manchi solo il caffè per completare la mattinata della vergogna. Ancora poche decine di metri, poi saranno di nuovo permeabili alle comunicazioni radio.

L'autista non ha ancora capito che aria tiri.

«Non ho nemmeno fumato.»

La risposta potrebbe essere: «E a me che cazzo me ne frega? Potevi fumare invece di dormire», ma ritiene che non la meriti.

Prende in mano il microfono. La radio funziona anche con il vivavoce, ma recentemente ha trascorso un pomeriggio in sala radio alla centrale e ha sentito la differenza che c'è tra un equipaggio che parla con il vivavoce e uno che usa il microfono. Il vivavoce va bene quando si hanno le mani occupate. Solo per le emergenze.

Chiama la centrale.

«Oh! Piacere di sentirvi, Genova uno!» dice la voce nell'altoparlante.

Il poliziotto sorvola sul tono ironico.

«Ci avete chiamati?»

«Secondo voi?»

«Non lo so, qui in alcuni tratti non prende. Lo sapete.»

«Non vi abbiamo chiamati. È tutto tranquillo stamattina.»

Il poliziotto si sente meglio. Il fatto che fossero fermi invece che a macinare chilometri lungo la litoranea non ha fatto nessuna differenza.

«Però... Genova uno, già che ho il piacere di comunicare con voi, vi ricordo che bisogna verificare qualche furgone e controllare soprattutto le gomme. Vogliono le statistiche sulla rotazione degli pneumatici.»

Il poliziotto annuisce, poi si rende conto che deve parlare.

«Ricevuto. Controlleremo. Nient'altro?»

«Passatela buona, Genova uno.»

Il capoequipaggio posa il microfono. Si volta verso il mare e impatta lo sguardo su quello supplicante del collega alla guida.

«Niente caffè, allora?»

36

Lui sorge improvvisamente davanti al muso dell'auto. Forse non si è reso conto di essere finalmente arrivato perché sembra sorpreso.

Ha il viso rosso per la salita, il caldo e i graffi.

Lei è appoggiata alla portiera posteriore. Se ci fosse il sole sarebbe nella posizione giusta per abbronzarsi. Invece la luce grigiastra le nega persino il diritto a proiettare un'ombra.

Lui la vede, si ferma un attimo, poi scuote la testa per comunicarle l'insuccesso della missione.

Lei lo osserva mentre muove gli ultimi passi su quel passaggio di terra battuta che proviene dal nulla. Si sente stringere il ventre al pensiero di cosa c'è dietro. In un altro momento si chiederebbe se invidiarlo o detestarlo per la totale insensibilità che dimostra verso l'esposizione al vuoto. Se fosse stato un suo compagno del liceo si sarebbe sicuramente tuffato per primo dalla piattaforma dei dieci metri.

«Dobbiamo passare al piano B» dice lui quando è abbastanza vicino per parlare senza alzare la voce. Si accorge di avere il fiato corto.

Lei non risponde.

«Ci credevo. Pensavo davvero di poterle trovare, ma era un'illusione.»

Si ferma a due passi. Non la tocca.

Ha i capelli appiccicati alla testa, la polo in disordine, stropicciata. I pantaloni, scuri, impregnati d'acqua, si stanno asciugando a chiazze.

«Interrogami!» le ordina. «Fammi le domande che mi farebbe un poliziotto.»

Lei non reagisce.

«Ma prima ricordiamoci che dobbiamo lavare le tazzine del caffè. Il caffè non ce l'ha mai portato. Capito? Ricordatelo: è importante. Abbiamo aspettato una vita il caffè. Ci ha portato tutto il resto, i peperoni, le altre cose, ma il caffè no. Non è mai arrivato. È per questo che siamo andati a vedere cosa fosse successo.»

Sì, crede che lei abbia capito, comunque glielo ripeterà di nuovo tra poco.

«Le chiavi non ci sono, magari le aveva davvero in tasca, ma adesso... non so se si troveranno mai. Quindi non possiamo andarcene. Bisogna raccontare che è caduto da solo mentre noi aspettavamo i caffè in veranda.»

Si passa una mano tra i capelli e li tira indietro, verso la nuca. Evidentemente si sono bagnati in mare, perché ora li sente unti e duri sotto le mani. Prova disagio con i pantaloni che gli hanno irritato la pelle delle gambe per tutta la salita.

«Noi eravamo in veranda, io sono andato a vedere e ho scoperto che era caduto giù. Ti ho chiamata, sei venuta anche tu, poi ho deciso di scendere per vedere se si poteva fare ancora qualcosa.»

Lei non ha ancora detto nulla. Ascolta.

«Che ora era?» si interroga lui. «Non lo sappiamo» si risponde, «boh, non ricordo, non ci ho fatto caso, poteva essere qualsiasi ora, non saprei dire... siamo in vacanza... si perde la nozione del tempo... Dobbiamo usare tutte frasi così, perché se cominciamo con gli orari siamo fregati. Meglio essere vaghi, perché solo restando sul vago possiamo ritrattare ciò che diciamo senza dare l'impressione di mentire. Se ci dicono che dovevano essere le dieci diremo che è possibile, se ci dicono le undici, è possibile. È possibile tutto, capito?»

Lei ha le braccia conserte, allacciate sotto il seno. I pugni chiusi, le nocche bianche per la tensione.

Lui non se ne accorge. Non si è nemmeno accorto che non ha ancora detto una parola.

«Adesso interrogami, mettiti nei panni di un poliziotto e rivolgimi le domande che mi farebbero loro, poi io farò lo stesso con te.» Improvvisamente, è colto da un'ispirazione: «E se tu te ne andassi? Vai via a piedi o chiedi un passaggio, e qui rimango solo io...»

Riflette su quali potrebbero essere i vantaggi e non ne trova nemmeno uno. Eppure, soltanto un secondo prima gli era sembrata un'idea brillante.

«Oppure no! Vado via io, così non vedono i graffi. Troviamo un motivo per cui io mi sarei allontanato, forse per chiamare i soccorsi, e tu gli racconti la storia, l'incidente e tutto quanto.»

Prima di terminare la frase si è già reso conto che non può funzionare. Non deve improvvisare. Devono attenersi a quanto stabilito.

«No» dice scuotendo la testa, «come non detto. Dai, fammi un po' di domande, interrogami senza pietà.»

Lei continua a tacere. Fa un lungo respiro e lui immagina che stia pensando alla prima domanda. Ma quando finalmente parla, nella sua voce non c'è traccia di punto interrogativo.

«Ho chiamato il notaio.»

«Ha chiamato il notaio?»

«No. Io ho telefonato. Io ho chiamato il notaio.»

Lui guarda un punto, per terra, qualche metro più avanti, e lo indica con una mano come se ci fosse qualcosa da vedere. È un gesto suo abituale quando vuole comunicare che qualcosa lo stupisce al punto da non capirne il significato. È una posa artificiale.

«Adesso?»

Lei annuisce appena.

Anche lui annuisce, come per dire che capisce, ma vuole far intendere il contrario.

«E...?»

«Secondo te?»

«Non lo so, ti avrà detto quello che ha detto a me. Ma come ti è venuto in mente di chiamare il notaio? Oggi? Adesso? Hai raccolto i vetri? Hai pulito il casino che c'era là dentro?»

Il sale sulla pelle gli dà fastidio, si strofina le braccia e resiste alla tentazione di sfregarsi la pelle intorno agli occhi. La polo è quasi asciutta, i pantaloni no. Gli stanno scorticando l'inguine.

«Sai cosa mi ha detto la segretaria?»

«Qualunque cosa sia, me la dici dopo, amore. Adesso vorrei fare le prove dell'interrogatorio... No, anzi, tra poco. Prima dobbiamo chiamare qualcuno. Non so se il 118 o la polizia. Meglio il 118. Hai tu il mio telefono?»

Lei annuisce ma non si muove.

«Che c'è? Che hai?»

Lei non piange. Ha già distillato tutto il suo dolore. È asciutta. Secca dentro, ma se la si osservasse bene, ogni tanto si coglierebbe qualche piccola contrazione del volto e del petto, l'eco degli ultimi singhiozzi.

«Guarda, qualunque cosa può aspettare: non mi crollare adesso. Adesso dobbiamo evitare per quanto possibile di finire nei casini. Non so se chiamare io il 118 o lasciare che chiami tu. Tu che ne pensi? Chi chiamerebbe se...»

«Se fosse stata una disgrazia?» suggerisce lei.

«È stata una disgrazia.»

Lei fa un gesto come a dire che non importa, poi riprende: «Hai mentito.»

«No!»

«Anche adesso.»

«No, è andata come ti ho detto: gli ho dato solo una spinta. Che poi non era nemmeno una spinta: me lo sono scrollato di dosso!», mima il gesto con le braccia, «e la ringhiera ha ceduto. C'era una ringhiera, te lo giuro, altrimenti non mi sarei nemmeno avvicinato. C'era! Mi credi che c'era? E poi la moglie confermerà, come hai detto tu prima. Tutti quelli che conoscono questo posto potranno confermare che c'era!»

Lei scuote la testa. Forse una lacrima potrebbe ancora riuscire a trovarla. Ma la ricaccia indietro.

«Hai spostato tu la data del rogito. È stata una tua iniziativa.»

Lui la guarda. Tra tutte le risposte che potrebbe fornire, non molte in verità, sceglie una domanda, peraltro già posta. «Ma perché l'hai chiamato? Cosa c'entra con...» Si volta per indicare il mare. «Mentre io ero là sotto, a nuotare in un mare di merda e sangue, in uno schifo che se ci fossi stata tu al mio posto saresti morta, mentre ero là a cercare di tirarci fuori da questa cosa, a te è sembrato utile e urgente chiamare il notaio?»

«La segretaria mi ha detto che sei stato tu a telefonare per spostare la data. Il notaio non c'entra. Non si è mai sognato di rimandare il nostro atto. Anzi, sono anche un po' scocciati per la richiesta.»

Lui ci pensa un attimo. «La prima volta! Ma lo sapevi già!»

Lei scuote la testa. «Anch'io ho risposto così, ma la segretaria mi ha detto che sei stato tu anche questa volta. Ed era anche seccata.»

Se lui fosse più attento, se non fosse stanco per la salita, se non avesse la mente occupata a pensare a mille dettagli ancora da sistemare, si accorgerebbe che lei non gli sta domandando per quale motivo abbia rimandato la data del rogito. Gli sta semplicemente dicendo di sapere che ha mentito.

Se potesse concentrarsi come il momento richiederebbe, ragionerebbe sul fatto che chi non pone una domanda, solitamente, non lo fa perché conosce già la risposta.

37

Non parla lui, non parla lei.

Lui appare stanco. Ma non è per via della salita. È una stanchezza più profonda, si capisce dalla postura, dalle spalle arrotondate, le gambe leggermente piegate, lo sguardo che scivola verso il basso.

È un uomo razionale, abituato ad agire secondo logica, e la logica gli suggerisce che in questo momento la priorità è tentare di minimizzare le conseguenze di quello che è successo. Deve sistemare la scena e sperare che tutto vada bene, anche se non ci crede. Se potessero andarsene sarebbe diverso. Se potessero andare via con la macchina si darebbe otto, o anche nove probabilità su dieci di uscirne senza conseguenze. Restando lì, invece, con i danni in sala, le cornici rotte, gli oggetti ripuliti alla meglio e soprattutto con quei tre solchi sulla faccia, il pronostico è rovesciato. Potrebbe reggere a un interrogatorio, forse anche a un terzo grado, ma prima o poi cadrebbe in contraddizione e sarebbe la fine. Del resto, lei crollerà ancora prima.

Non si perdona di aver ceduto alle pressioni dell'oste e di avergli consegnato le chiavi. Un errore che non sa spiegarsi.

L'unica speranza è che di quella morte se ne freghino, che credano loro sulla parola, che siano superficiali, negligenti e ciechi, che li considerino semplici testimoni e li lascino andare. Può accadere di tutto.

Improvvisamente gli viene in mente il conto, la ricevuta fiscale, i caffè. Non possono dire di non aver preso i caffè, perché sono segnati sul conto! Per fortuna se n'è ricordato in tempo. Ma quante cose non sta considerando?

Ha bisogno della collaborazione di lei, è importante che lei sia concentrata, ma in questo momento sembra interessata soltanto alla casa, al rogito, al notaio e al futuro che hanno progettato insieme. E quello è un altro grosso problema.

«Non so cosa dirti.»

«È difficile da spiegare» concede lei.

Lui improvvisamente alza la testa.

«Hai raccolto i vetri, i cocci e...?» le domanda.

Lei annuisce. «È tutto in un sacco di plastica.»

«E hai pulito anche il bancone? Si è rovesciata una bottiglia...»

Lei sorride. L'espressione «Si è rovesciata» la fa ridere.

Lui se ne accorge, non dice nulla. Se lei ha messo tutto a posto, c'è ancora qualche possibilità. Però i cocci non possono stare lì in un sacco, bisogna disfarsene. L'idea è di buttarli dalla scogliera. Magari qualche centinaio di metri più avanti.

«È stata una brutta esperienza» commenta indicando il mare alle sue spalle. Vuole ammorbidirla, vuole riportarla dalla sua parte. Vuole farla sentire un poco in colpa perché i lavori sporchi toccano sempre a lui. «Ascolta» le dice poi.

Lei lo guarda. Le braccia incrociate e annodate a comprimere il petto. Le mani bianche, esangui, ancora strette a pugno.

«È vero. È così. È che non ero sicuro di volermi impegnare con la casa. Finché siamo in affitto è una cosa, ma un appartamento, un mutuo per vent'anni... non so. Mi sono preso un mese di tempo per essere più pronto e non te l'ho detto. Scusami.»

Lei annuisce.

Lui recupera un po' di speranza. Ha bisogno di lei più che mai.

«L'ho immaginato. Ho capito che doveva essere così.»

Lui conferma, facendo segno di sì.

«Ci sono uomini che non si presentano all'altare il giorno del matrimonio. Sarebbe persino peggio. Qui almeno evitiamo la figura di merda davanti agli invitati.»

Lui si morde le labbra, non ha idea di come possa finire quella discussione. Lei sembra calma, ma non significa nulla.

«Quindi, non volevi impegnarti, ma invece di parlarne con me hai pensato di rimandare due volte, di prenderti due mesi di tempo per pensarci. Hai deciso che in fondo prendermi per il culo sarebbe stato più facile.»

Lui la interrompe. «Non volevo prenderti in giro, e poi la prima volta ho proprio dovuto rimandare, lo sai!»

«No, non lo so. So solo quello che mi dici tu!»

«Lo sai!»

«No, non lo so. Non so davvero un sacco di cose. Dimmi, per esempio, da quanto tempo scopate?»

Lui fa una smorfia. L'espressione di chi non capisce. Come se lei avesse detto che tre più tre fa diciannove.

«Stiamo parlando del notaio?» domanda ironicamente.

«Anche. Stiamo parlando dell'ingegner Lucchini, quella che ti scopi, la donna che ti ama e che tu ami. Ve lo dite continuamente.»

Lui si volta a guardare verso il mare. Forse la nebbia si sta alzando. Adesso si vede chiaramente la sagoma scura di un mercantile, nemmeno troppo lontano.

«Come si chiama la stronza? No, lascia stare. Tanto non ne parleremo più. Cosa mi cambia sapere se si chiama Lisa, Lucia o Checazzoneso?»

«Hai guardato nel mio telefono» dice lui. Non c'è accusa nella sua voce, non la sta redarguendo. Sta soltanto cercando di farsene una ragione, ma lei interpreta il tono come se fosse una denuncia.

Può fare di lui ciò che vuole: è come se avesse una .44 Magnum in mano e gliela stesse puntando contro la fronte. Non c'è gara.

«Non dovevo? Mi devo sentire in colpa perché, dopo aver ripulito le prove di quanto sei coglione, per non morire di ansia mentre ti aspettavo ho sbloccato il tuo telefono che continuava a cinguettare? Ma vaffanculo!»

«Te ne avrei parlato» prova a giustificarsi lui.

«No!»

Lui non sa quanto sia ampio quel «no» secco e isolato.

«No, non mi avresti detto niente. Te lo dico io cosa avresti fatto: tra un mese avresti trovato un'altra scusa per non andare dal notaio. Per quale motivo avresti dovuto accendere un mutuo, spendere tutti quei soldi, impegnarti con me, quando dovevi ancora decidere se mandare tutto a monte per metterti con quell'altra? Ti saresti preso altro tempo per pensarci, per scegliere. Sto con questa o cambio con quella? O me le tengo tutte e due? E poi altro tempo per trovare il coraggio di dirmelo!»

«Non è così! Ti assicuro che non è niente per me! Niente! Una scopata! Neanche!»

«Una scopata? Neanche? Cioè? Una mezza scopatina? Ma se le ripeti che la ami, cazzo! Glielo dici dalla mattina alla sera» urla mostrando il telefono, «e lei ti dice di peggio! Ma dove l'hai trovata questa che ti scrive che ti vuole sentire dentro? Che si tocca continuamente pensando a te? Ora! Ora! Ora! Magari anche in questo momento, chiediglielo! Chi è 'sta deficiente che si permette di chiamare me "la noiosa"?»

Scoppia a piangere. Non voleva farlo davanti a lui. Riteneva di essere troppo incazzata per riuscire a piangere.

«Ascoltami, la lascio. È come se l'avessi già lasciata. Non esiste più. Ma adesso concentriamoci su quello che c'è da fare qui. Ti prego. Aiutami a rimediare a questo casino, affrontiamo una cosa per volta.»

«Un aiuto?»

Lui fa sì con la testa.

«Da me?»

«Da te.»

«Tu, idiota come sei, fai fuori quel poveraccio e chiedi aiuto alla donna che ha appena scoperto di essere un'imbecille? Un'imbecille tradita? Dimmi: la conosco?»

«No.»

«Lo immaginavo, non la conosco e quindi lei

non conosce me. Giusto? Non direttamente almeno, è così? Quindi se io sono "la noiosa" è perché qualcuno le racconta che sono noiosa!»

Lui vorrebbe trovare almeno un argomento per deviare la conversazione, ma teme che non ne esista nessuno.

«Tu che mentre gliela lecchi le canti la stessa canzone che cantavi a me? Dovrei aiutarti?»

Lui rabbrividisce. Fa caldo, il sole è allo zenit dietro le nuvole, ma il suo corpo è percorso da un tremito.

«Non potevi trovarne un'altra? Ne sai tante, no? Proprio quella canzone? E la sua cosa, lo sa di non essere la prima alla quale fai la serenata?»

Per qualche secondo non aggiunge altro, ma è soltanto una pausa.

«Ieri sera, quando eri chiuso nel bagno del bed & breakfast, hai chattato con lei per mezz'ora e vi siete detti cose... delle cose... delle cose che non sono nemmeno riuscita a leggere. Poi sei uscito e ti sei messo a letto.»

Lui non annuisce più. Alle spalle ha un baratro di quasi cento metri, ma l'inferno è quello che ha di fronte.

«Io, cretina, visto che non lo facevamo da tre giorni, ti ho sfiorato una spalla e *zac*! Magia. Eri già bello eccitato e pronto. Per forza! Pensavi a lei, stavi sognando di fartela, e quando mi hai scopata in realtà stavi immaginando di farlo con lei!»

Lui scuote la testa.

«E mi hai fatta voltare per non vedermi in faccia!»

Non pone più domande, quella è l'arringa finale del procuratore che ha tutte le prove in mano. Lui può soltanto subirla e sperare che non venga chiesta la pena di morte.

Non può interromperla ma non riesce a evitare di scuotere un po' la testa, come per dire, timidamente, che lei non capisce, che l'altra non è nulla di importante, che sa di aver sbagliato. Che se lei lo lasciasse parlare, se potesse spiegare, allora capirebbe che...

Muove un piede a terra come un calciatore che sistema le zolle del prato con la punta della scarpetta, in palese disaccordo con la decisione dell'arbitro.

A un tratto alza lo sguardo verso l'auto, perché qualcosa l'ha colpito. I finestrini sono chiusi. Com'è possibile? Prima che scendesse in spiaggia erano abbassati. Ne è certo. Del resto, se non fossero stati aperti non sarebbero potuti salire a bordo per cercare le chiavi. Ora sono chiusi, e soltanto con la chiave nelle vicinanze si possono alzare o abbassare.

Anche lei nota i finestrini, ma non ha finito con lui.

«Ti sei immedesimato talmente bene che ieri sera ti sei dimenticato che è lei quella che prende la pillola, non io! Stavi pensando a lei mentre venivi dentro di me!»

È un crescendo, un urlo di dolore.

«Ed è questa la cosa peggiore!»

Fa una smorfia di disgusto. Potrebbe vomitare, manca un nonnulla.

«E chissà quante volte mi hai scopata pensando di stare con quella!»

Lui alza un braccio e indica la macchia di umido sotto il motore, frutto della condensa prodotta dal climatizzatore.

Lei segue il suo sguardo, ma non smette di parlare.

«Perché dovrei aiutarti?»

Ora si guardano negli occhi.

Lui scuote la testa. Sta dicendo che non lo sa.

«Hai trovato...?» sussurra.

«Rispondi. Dimmi, perché dovrei aiutarti?»

Nessuno dei due riesce a immaginare un motivo, per cui rimangono in silenzio per alcuni secondi. Finalmente lei scioglie il nodo delle braccia. Tiene la mano destra in basso, finalmente aperta.

«Sì, le ho trovate.»

Lui è come ipnotizzato da quel piccolo oggetto nero che lei mostra nel palmo. Gli è sempre piaciuto il design di quel dispositivo elettronico. E gli sono sempre piaciute le sue mani.

«Prendi!»

Sotto la spinta del braccio, il piccolo cubo nero lascia la mano e inizia la parabola ascendente. Prima o poi smetterà di salire e comincerà a scendere. Nello stesso momento, la chiave elettronica copre una distanza lineare. Ovvero si muove anche orizzontalmente.

Lui allunga in alto il braccio destro per prenderla al volo, ma la traiettoria è davvero alta. Troppo. È così poco sportivamente alta che rischia di diventare un lancio verticale. Per lo stesso motivo, però, le chiavi non andranno lontano, forse ricadranno sulla piattaforma di cemento.

Lui può arretrare e saltare, ma molto poco perché alle sue spalle c'è il baratro e non ha il tempo di voltarsi per verificare quanto margine abbia. Quello che tenta è un saltino, ridicolo e del tutto insufficiente per intercettare la chiave. Può soltanto sperare che ricada sul cemento e non superi il muretto.

Invece la chiave lo oltrepassa di almeno un metro e mezzo. La curva si trasforma in una retta, un vettore diretto verso gli scogli e il mare.

Un gabbiano si lancia all'inseguimento, ma si accorge presto che l'oggetto è troppo pesante per essere cibo e troppo veloce per essere ghermito al volo.

Desiste e lancia un grido di protesta.

38

«Genova uno, dove siete?»

La radio ha smesso di inviare segnali criptati. Stanno chiamando proprio loro.

Il capoequipaggio fa due passi, si affaccia con il busto nell'abitacolo attraverso il finestrino aperto e prende il microfono. Il suo collega sta discutendo con l'autista di un furgone.

«Qui Genova uno, centrale.»

«Genova uno, qual è la vostra posizione?»

«Siamo appostati in fondo al rettilineo poco dopo il distributore di benzina della CalorEffe. Al chilometro dodici. Abbiamo fermato un furgone proprio adesso, e ha le gomme lisce come la tua testa.»

Nel tono di voce del capoequipaggio c'è un sorriso.

«Così tanto lisce mi sembra impossibile, Genova uno.»

«Tutte e quattro, da non credere.»

«Sono contento che vi divertiate, Genova uno,

ma adesso dovete portarvi al chilometro otto e vedere che succede.»

«Che c'è al chilometro otto?»

«È una trattoria, mi dicono, tutta di cemento, a picco sul mare.»

«Ah sì!» dice il capoequipaggio. «La conosco, ci siamo passati davanti prima. Cos'è successo?»

«Ci segnalano dalla centrale del 118 che uno è caduto di sotto.»

«Minchia! È alto lì.»

«Sì, sul posto ci sono già due squadre dei vigili del fuoco. I carabinieri gestiscono il servizio di viabilità, visto che la strada è stretta. Noi facciamo i primi accertamenti. Recatevi sul posto con urgenza.»

«Ricevuto, centrale.»

«Ehi, Genova uno... occhi e orecchie aperte, non date niente per scontato, fate le cose per bene, okay?»

«E quando mai?»

«Appunto. Pare che sia crollato un parapetto, ma il caposquadra dei vigili del fuoco non è convinto. E poi uno dei presenti ha delle ferite sospette al volto. Cercate un po' di capire e, se avete un dubbio, anche minimo, portate tutti in commissariato.»

Il capoequipaggio chiama il collega, che alza la testa dai documenti che sta controllando.

«Dobbiamo andare» gli dice.

«E questo qua?»

Il capoequipaggio fa un gesto come a dire: pazienza.

L'autista restituisce la patente al conducente del furgone, gli dice qualcosa a proposito delle gomme, butta la mitraglietta sul sedile posteriore dell'Alfa e si mette alla guida.

Prova l'avviamento, ma il motore non parte.

«Metto la sirena?»

«Vedi prima di mettere in moto, altro che sirena.»

«Che succede?»

«Pare che uno sia volato in mare dalla "palafitta".»

«'Sti cazzi! E ci siamo anche passati davanti prima!» esclama l'autista mentre avvia finalmente il motore dell'Alfa.

Poi, immettendosi sulla litoranea: «Ma chi è andato giù? Il barista?»

«Non lo so, forse sì, ma mi pare strano.»

«Mi dispiace.»

«E forse non è andato giù da solo.»

«Ce l'hanno spinto?»

Il capoequipaggio fa una smorfia con la bocca come per dire che non lo sa, tutto è possibile.

«'Sti cazzi due volte!»

Il capoequipaggio è soddisfatto: il collega ora sembra sveglio e nello stato d'animo adeguato per il tipo di intervento.

«Andiamo, va'.»
«Allora, la sirena?»
«E attacca 'sta cazzo di sirena!»

Stampato da
Grafica Veneta S.p.A., Trebaseleghe (PD)
per conto di Marsilio Editori® in Venezia

EDIZIONE	ANNO
10 9 8 7 6 5 4 3 2 1	2020 2021 2021 2023 2024